第一章

這天晚上，莊園農場主人瓊斯先生鎖好了雞舍，卻爛醉得忘記關上動物的出入口。他腳步踉蹌地穿過院子，手中的提燈放射出一輪光明，左右擺動。他來到後門，踢掉靴子，從餐具室的木桶裝了最後一杯啤酒來喝，接著一路摸上床，而此時瓊斯太太早已呼呼大睡。

臥室的燈一滅，農場房舍全都騷動起來。白天消息已經傳開，據說獲獎的中白豬[1]老少校，前晚做了一場怪夢，他想要跟其他動物談談夢的內容。大家約定好，只要瓊斯先生離得夠遠，在安全距離之外，就到大穀倉集合。動物們十分敬重老少校（他們總是這樣叫他，不過他當年參賽的名字是「威靈頓美豚」），大家都很樂意犧牲一小時的睡眠時間來聽聽他要說些什麼。

1 中白（Middle White）為豬的品種名，來自英國約克郡。

穀倉一端有一座架高的平台，老少校已經臥坐在稻草床上，頭頂的橫梁懸著一盞提燈。他十二歲了，最近稍微胖了些，但仍是一頭儀表不凡的豬。雖然他的獠牙從未被修剪，看起來卻依然睿智仁慈。不久，其他動物陸續抵達，各自找了舒適的方式坐下來。最先到的是三隻狗，藍鈴、傑西、品鉗；接著是豬，他們選定坐在最靠近平台的稻草堆。母雞棲於窗沿，鴿子振翅飛上椽架，羊和牛躺在豬的後面開始反芻。兩匹拉車的馬——拳擊手和三葉草——一起緩步走進來，小心翼翼地放下毛茸茸的大蹄，唯恐稻草裡藏著其他小動物。三葉草是一匹壯碩的母馬，即將步入中年，生下第四匹馬仔後，身材一直沒有完全恢復。拳擊手是一頭巨獸，將近兩百公分高，力量相當於普通馬匹的兩倍，橫亙過鼻子的白色條紋讓他看起來有些憨傻。他的腦袋確實也不夠聰明，但因為沉穩的個性和強大的工作能力而獲得大家的尊重。隨後進來的是白山羊穆里歐和驢子班傑明。班傑明是農場裡最年長、也是脾氣最差的動物。他很少說話，一旦開口，通常說的是一些憤世嫉俗的話——比如，他會說上帝給了他一條尾巴用來驅趕蒼蠅，但他寧願沒有尾巴也不要有蒼蠅。他是農場裡唯一不會笑的動物。如果動物問他原因，他會說，他沒有看到什麼值得笑的事。不過，儘管他從未公開承認，他其實跟拳擊手的情誼很深厚。他們常常在果園外的小牧場一起度過星期天，緊靠著彼此，一語不發地嚼著牧草。

兩匹馬剛躺下，一群失去母親的小鴨子魚貫進入穀倉，微弱地吱吱叫，左右徘徊想找個不會被踩到的地方。三葉草用粗壯的前腿為他們築起一道牆，小鴨子們便依偎在她的腿彎裡，很快就睡著了。老少校即將發話之前，那匹徒有外表的愚蠢白色牝馬莫莉，矯柔造作地走進來，嘴裡嚼著一塊糖。嘴裡嚼著一塊糖。她負責拉瓊斯先生的雙輪輕便馬車。她在靠近台前的地方坐下來，撫弄白色的鬃毛，希望大家注意到繫在鬃毛上的紅色絲帶。最後到場的是貓，一如往常環顧四周，尋找最溫暖的地方，最後擠到了拳擊手和三葉草中間。老少校演講時，她心滿意足地發出呼嚕聲，根本沒在聽他說話。

現在除了那隻家養的烏鴉摩西仍然睡在農場後門的橫木上之外，所有的動物都到場了。老少校見他們都已經坐定、專注地等著聽他說話，他清了清嗓子，開口說道：

「同志們，你們都已經聽說我昨晚做了一個奇怪的夢，但我等下才會談那個夢。我要先說說其他的事。同志們，我認為我能與你們共處的日子剩不到幾個月了。在我死去之前，我覺得有責任把我這一生領悟到的智慧留給你們。我的一生相當漫長，獨自躺在欄圈裡有很多時間思考。我想我應該有資格說，關於活在這片土地之上的本質，我的領悟不亞於任何活著的生物，而我想要說的正是這個主題。

「同志們，想想我們這一生的本質是什麼？讓我們面對現實吧——我們的一生悲慘辛勞、朝生暮死。我們被生下來，獲得僅足以維持呼吸的糧食，能者被迫持續勞動，直到剩下最後一點氣力。當我們再也沒有用處，就會被殘酷地屠宰了。在英格蘭，沒有任何一隻活過周歲的家畜，還懂得什麼是幸福與閒適。在英格蘭，沒有任何一隻動物是自由的。家畜的生命既悲慘又飽受奴役——這是不爭的事實。

「但是，難道這就是自然法則的一環嗎？難道是因為我們這塊土地貧瘠至極，無法讓我們這些居民吃飽喝足嗎？錯，同志們，大錯特錯！英格蘭的土壤肥沃、氣候宜人，豐饒的物產能夠餵養的動物比現在居住的數量還要來得多。單單這座農場就可以養活十二匹馬、二十頭牛、數百隻羊——這些動物都能過得舒適、享有尊嚴，那是我們幾乎難以想像的生活。那我們為什麼仍會陷於如此悲慘的境地呢？因為我們所有勞動成果幾乎都被人類偷走了。同志們，這就是所有問題的答案，一言以蔽之——人類。人類是我們唯一的敵人。沒有了人類，就能徹底斬除飢餓和過勞的根源。

「人是唯一不事生產，空耗資源的生物：不產奶、不下蛋；力氣太弱，拉不了犁；跑得不夠快，抓不到兔子。然而，他卻是所有動物的主宰。他要動物工作，他給動物的食物是不會挨餓的最低限度，其餘的都留給自己。我們的勞力可以耕耘土地，我們的糞便可以滋養田畝，但我們擁有的除了一身皮囊，什麼也沒有。在我面前的乳牛，去年你們產出的牛奶有幾千公升？而那些本來應該培育強壯小牛的牛奶又去了哪裡？每一滴都流入敵人的喉嚨裡了。母雞，妳們去年下了多少蛋，其中又有多少孵化成小雞？剩下的全都進了市場，為瓊斯和他的手下帶來錢財。三葉草，妳生下的那四匹小馬，本來應該是妳晚年的依靠和喜悅，他們現在在哪裡？全都在一歲時被賣掉——妳再也見不到他們當中任何一匹。妳分娩過四次，在田裡勞作了一輩子，換來的卻只有一點配給糧食和馬廄裡的一個隔間——除此之外，妳得到了什麼？

「我們不僅悲慘度日，也無法壽終正寢。我自己並不埋怨，畢竟我算是幸運的。我今年十二歲，有四百多個孩子。身為一頭豬，這就是正常的一生。但沒有任何動物最終能逃脫殘酷的屠刀。坐在我面前的這些小豬，一年之內你們全都會在豬欄尖叫求饒。那種恐懼終將降臨在我們每一隻家畜身上——牛也好，豬也好，母雞、綿羊，沒有誰能倖免。就連馬和狗的命運也沒有好到哪裡去。拳擊手，一旦你健壯的肌肉失去力量，瓊斯就會把你賣給屠馬業者，他們會割斷你的喉嚨，煮了拿去餵獵狐犬。至於狗，當他們老去、牙齒掉光，瓊斯就會綁一塊磚頭在他們的脖子上，然後將他們淹死在旁邊的池塘裡。

「那麼，同志們，這不是擺明了嗎？我們一生的種種不幸都源自人類的暴虐。唯有擺脫人類，我們的勞動成果才會屬於自己，幾乎可以在一夕之間變得既富有又自由。那我們必須怎麼做呢？當然是夜以繼日、全心全意，努力推翻人類！同志們，這就是我要傳達給你們的訊息：反抗！我不知道抗爭何時發生，可能是一週後，也可能是一百年後，但我知道，就像我能清楚看見腳蹄下這根稻草一樣肯定，正義遲早得以伸張。同志們，在你們短暫的餘生中，請將這一點牢記在心！最重要的是，請將我的訊息傳遞給你們的後代，以便他們繼續反抗，直到取得勝利。

「同志們，記住，你們的決心絕對不可動搖。別讓任何說辭導致你們誤入歧途。千萬不要聽信別人告訴你們花言巧語，說人類和動物目標一致，共好共榮。那全是謊言。人類只在乎自己的利益。我們這些動物要在抗爭過程中，維持團結一致、建立堅不可摧的同志情誼。人類全是敵人，動物都是同志。」

此刻，穀倉裡掀起一陣混亂的騷動。老少校演講時，四隻大老鼠從洞裡爬出來，蹲坐著聽他說話。狗突然發現他們，老鼠迅速衝回洞裡才保住性命。老少校舉蹄示意大家安靜。

「同志們，」他說。「我們有一個問題必須解決。那些非家畜動物，比方說老鼠、兔子，他們是我們的盟友還是敵人？我們投票表決吧。我向大會正式提出這個問題：老鼠是同志嗎？」

投票立刻進行，絕大多數動物同意老鼠是同志，只有四位提出異議，即三隻狗和那隻貓，後來發現這隻貓正、反意見都投票。老少校繼續說：

「我差不多說完了。我只是要再次強調，永遠記住你有義務對人類及其一切行為保持敵意。凡是兩條腿行走的就是敵人。凡是用四足跑跳或雙翅飛翔的都是朋友。同時也要記住，在對抗人類的鬥爭中，我們絕不能變得跟他們一樣；即使戰勝了人類，也不要效法他們的惡習。任何動物都不得住在房子裡，或睡在床上，或穿衣服，或喝酒，或抽煙，或接觸金錢，或從事貿易。人類的所有習性都是邪惡的。最重要的是，任何動物都不得欺凌同類。無論強弱、智力高低，我們都是兄弟。任何動物都不得殺害其他動物。所有動物皆平等。

「現在，同志們，我要告訴你們昨晚的夢。我無法向你描述那個夢境，那是人類消失後的世界，但這讓我想起早已忘記的一些事。多年前，當我還是一隻小豬，我的母親和其他母豬經常唱一首老歌，而她們只知道曲調和歌詞的前三個字。我還是仔豬時就知道這首歌，但它的曲調早已從我的腦海中消失。不過，昨晚那首歌又回到我的夢中，而且我也想起歌詞了——我很確定，很久以前動物們唱過這些歌詞，只是已經被遺忘好幾個世代。同志們，我現在要唱這首歌給你們聽。我年紀大了，聲音也沙啞了，但我教會你們這首曲子之後，你們就能自己唱得更好了。它叫做〈英格蘭之獸〉。

老少校清了清喉嚨，開始唱歌。正如他所說的，他的聲音有些沙啞，但唱得夠好了，而且曲調引人激昂，介於〈克萊蒙汀〉和〈蟑螂〉（*Clementine* and *La Cucaracha*）[2]之間。它的歌詞是這麼唱的：

英格蘭之獸，愛爾蘭之獸，
風土各異的眾獸，
傾聽我捎來的喜訊，
預告那黃金的未來時代。

這一天遲早將到來，
人類暴政終會被推翻，

---

2 兩首知名民謠歌曲，前者為哀傷抒情的美國西部民謠，後者則是節奏輕快、帶諷刺意味的墨西哥傳統歌曲。歐威爾藉此形容〈英格蘭之獸〉的旋律風格介於嚴肅與歡快之間。

第一章

英格蘭的肥沃田野，
僅有眾獸立足其上。
我們的鼻環將消失，
背上的輓具也拆除，
馬銜和馬刺將永遠生鏽，
殘酷的鞭子不再作響。
豐饒物產超乎想像，
小麥和大麥，燕麥和乾草，
苜蓿、豆類和甜菜，
等到那天就屬於我們了。
光明將照耀英格蘭的田野，

泉水會更加純淨，
微風會更加甜美，
在我們自由的那一天。

我們都須致力追求那一天，
儘管我們將在它抵達前死去；
牛群與馬匹，鵝隻和火雞，
我們都須為了自由奮力不懈。

英格蘭之獸，愛爾蘭之獸，
風土各異的眾獸，
傾耳細聽，傳揚我帶來的喜訊，
關於那即將降臨的黃金時代。

老少校的歌聲令動物興奮不已，幾乎在他唱完之前，他們就開始自己唱起來了，連最笨的都學會了曲調和一些歌詞，而聰明的如豬、狗等，幾分鐘內就背下了整首歌。接著，稍經幾次嘗試，整座農場齊聲響起〈英格蘭之獸〉的歌唱：牛群哞哞、狗兒嗷嗷、綿羊咩咩、馬匹嘶嘶、鴨子呱呱。他們非常喜歡這首歌，連續唱了五遍，如果沒有被打斷的話，可能會唱上一整晚。

可惜，喧鬧聲吵醒了瓊斯先生，他從床上跳起來，想確認院子是否有狐狸。他抓起隨時豎立在臥室角落的槍，將一排六號子彈射入黑暗中。子彈嵌進了穀倉牆裡，會議匆匆解散，大家全都逃回自己睡覺的地方。鳥兒跳上棲架，動物安臥稻草堆中，整座農場很快就墜入夢鄉。

第二章

三天後的夜裡，老少校在睡夢中安詳離世。他的遺體被埋葬在果園下方的一隅。

這一切發生在三月初。接下來的三個月，許多祕密活動正悄悄進行。少校的演講為農場那些比較聰明的動物帶來全新的生命觀。他們不知道少校預言的反抗何時會發生，也沒有理由認為它會發生在自己有生之年，但他們清楚意識到，為此做好準備是他們的責任。教育和組織的工作自然就落在豬的身上，因為大家認為他們是最聰明的動物。豬群當中最出類拔萃的是兩頭年輕公豬，名叫雪球和拿破崙。瓊斯先生正準備把他們養大後賣掉。拿破崙是體型壯碩的伯克郡公豬，看起來相當凶猛，也是農場裡唯一的伯克郡豬，不大愛說話，卻是出了名的強勢。雪球比拿破崙更加活潑、伶牙俐齒，也更有創意，但大家認為他不像拿破崙那麼沉穩。農場裡其他公豬都是肉豬。其中最有名的是一頭名叫「吱吱」的小肥豬，臉頰圓滾滾，眼睛閃閃發亮，動作敏捷，聲音刺耳。他能言善道，爭論某個複雜的論點時，總是左右來回蹦跳並甩動尾巴，這動作不知為何看起來特別有說服力。據說，吱吱能把黑的說成白的。

這三隻豬將老少校的教誨闡述成完整的思想體系，將其命名為「動物主義」。每週的幾個晚上，他們趁著瓊斯先生入睡後在穀倉舉行祕密會議，向其他家畜闡述動物主義的信條。一開始，他們收到許多愚蠢和冷漠的回應。有些動物提起效忠瓊斯先生的義務，稱他為「主人」，或者發表「瓊斯先生餵養我們，如果沒有了他，我們就會餓死」之類的膚淺言論。其他動物則提出疑問，諸如「我們為什麼要關心死後才會發生的事？」或「如果這場反抗不管怎樣都會發生，那我們有沒有努力又有什麼差別？」那三隻豬很難讓他們明白這些想法與動物主義的精神相悖。最愚蠢的問題來自白色母馬莫莉。她問雪球的第一個問題是：「反抗之後還有糖吃嗎？」

「沒有。」雪球堅定地回答。「我們的農場沒有辦法製糖。而且，妳也不需要糖。妳之後想要吃多少燕麥和乾草就有多少。」

「那我還可以把緞帶繫在鬃毛上嗎？」莫莉問。

「同志，」雪球說。「妳如此熱愛的那些緞帶是奴役的象徵。難道妳不明白自由比緞帶更有價值嗎？」

莫莉口頭上表示同意，但聽起來不是真心信服。

豬群面臨一個更艱鉅的挑戰：破除被馴服的烏鴉摩西所散布的謊言。摩西是瓊斯先生很特別的一隻寵物，負責刺探情報、散佈謠言，還有條三寸不爛之舌。他宣稱有一個叫做糖果山的神祕國度，動物死了之後都會到那裡去。摩西說，糖果山在天上，位於雲層之外的不遠之處。在糖果山，一週七天都是星期天，一年四季苜蓿繁盛，樹籬上還長著方糖和亞麻籽餅。多數動物都討厭摩西，因為他因為他淨說故事，從不工作，但還是有些動物相信糖果山真的存在，那三隻豬不得不想盡辦法說服他們沒有這樣的地方。

拳擊手和三葉草這兩匹拉車的馬，是豬最忠誠的信徒。他們很少提出任何自己的想法，不過接受豬的教導之後，馬上就吸收了一切思想，並且透過簡單的論證將其傳授給其他動物。他們全勤出席穀倉祕密會議，並領唱作為總結的〈英格蘭之獸〉。

如今，事實證明，反抗比大家預想的都更早也更容易實現。以前，瓊斯先生雖然是個嚴厲的主人，卻也算是能幹的農夫，最近卻時運不濟，日漸潦倒。在一場官司敗訴後，他被迫賠了一筆錢，從此變得非常失志，開始酗酒。有時，他會一整天躺在廚房的溫莎椅上看報紙、喝酒，偶爾餵摩西吃泡了啤酒的麵包皮。他的手下無所事事、偷雞摸狗，農地雜草叢生，建築物需要修補屋頂，樹籬欠缺修剪，動物也都吃不飽。

六月到來，時值準備收割牧草的時節。仲夏節的前夕是個星期六，瓊斯先生前往威靈頓鎮，在紅獅酒吧喝得爛醉，直到星期天中午才回到農場。工人一大早幫乳牛擠了奶，連動物都沒餵，便溜出去獵兔子了。瓊斯先生回來後，立刻倒在客廳的沙發上呼呼大睡，用《世界新聞報》蓋著臉，所以到了晚上，動物們還是沒有吃東西。他們終於忍無可忍。一頭母牛用犄角頂破了小倉庫的門，所有動物紛紛從儲糧箱翻找食物來吃。就在此時，瓊斯先生醒了。接著，他和四名手下來到小倉庫，舉起鞭子到處胡亂抽打。這超出了飢餓的動物們所能忍受的極限。雖然沒有事前計畫，他們卻一致向折磨他們的人類撲去。瓊斯和他的手下突然發現自己遭到來自四面八方的牴撞踢踹，事態已經完全超出他們的掌控。他們從未見過動物出現這樣的行為，而這些他們習慣隨意毆打虐待的動物突然起身反抗，把他們嚇得幾乎魂飛魄散。沒幾分鐘，他們就放棄了自衛，落荒而逃。下一瞬間，五個人沿著通往大路的小徑全速奔離，動物們則欣喜地乘勝追擊。

瓊斯太太從臥室望向窗外，看到事情的經過，趕緊把一些財物丟進一個地毯布製的旅行袋，從另一條路溜出農場。摩西從棲木躍下，跟在瓊斯太太身後拍打翅膀，啞啞大叫。在此同時，動物們把瓊斯和他的手下追趕到路上，然後猛力關上農場的五杆柵門。就這樣，動物們尚未回過神來，反抗已經成功了——瓊斯遭到驅逐，莊園農場是他們的了。

最初的幾分鐘，動物們簡直不敢相信自己的好運。他們做的第一件事，就是齊心繞著農場的邊界狂奔，彷彿要確保沒有任何人類躲在農場的任何角落，接著他們跑回農舍裡，消滅瓊斯惡霸統治的最後痕跡。他們闖進馬廄盡頭的馬具房，把馬銜、鼻環、狗鏈，以及瓊斯先生用來殘忍閹割豬羊的刀子，全都扔進井裡了。韁繩、籠頭、眼罩，還有掛在馬匹脖子上極其羞辱的飼料袋，都被丟入院子裡熊熊燃燒的垃圾火堆中。鞭子也不例外。動物看到鞭子被火舌吞沒，全都高興得跳了起來。雪球也把在趕集日用來裝飾馬匹鬃毛和尾巴的緞帶扔進火堆。

「緞帶，」他說。「應該被視為一種衣物，是人類的標誌。動物都應該保持赤裸。」

拳擊手一聽，叼來那頂夏天用來遮耳擋蒼蠅的小草帽，丟進火堆，與其餘物品一同焚燒。

沒多久，動物們就毀掉了一切會想起瓊斯先生的東西。拿破崙隨後帶領他們回到小倉庫，發給每隻動物兩份玉米、每條狗兩塊餅乾。接著他們從頭到尾連續唱了七遍〈英格蘭之獸〉，隨後才安頓下來睡了一覺。他們從未睡得如此香甜。

不過，他們還是如往常在黎明時分醒來，突然想起昨天的美夢成真，便一起往牧場跑去。在牧場後方不遠處有一座小圓丘，從那裡幾乎可以看到整座農場。動物們衝到山頂，在清澈美麗的晨光下環顧四周。是的，這屬於他們了——他們所見的一切都是他們的！

動物們沉浸於這個念頭帶來的狂喜，興奮地不停蹦跳到半空中。他們在露水裡打滾，他們嚼著夏日甜美的青草，他們踢起黑色的土塊，嗅聞它濃烈的氣味。接著，他們進行了一場農場巡禮，對耕地、牧草場、果園、水池、樹叢讚歎不已，彷彿他們從未見過這些事物。甚至直到現在，他們都還不敢相信，這一切全屬於自己了。

動物們列隊返回農場的建物群，在農舍門外靜靜地停下腳步。那也屬於他們了，但他們不敢進去。然而過沒多久，雪球和拿破崙就用肩膀撞開門，動物排成一列依序走進去，步伐小心翼翼，生怕把東西弄亂了。他們躡手躡腳，從一個房間走到另一個房間，不敢大聲說話，用驚奇的眼神看著難以置信的奢華：床鋪上的羽絨床墊、鏡子、馬鬃沙發、布魯塞爾地毯、掛在客廳的維多利亞女王平版印刷版畫。他們剛下樓梯，就發現莫莉不見了。回到樓上，動物們發現她竟然還待在最華美的那間臥室裡。她從瓊斯太太的梳妝台拿了一條藍色緞帶披在肩上，痴痴地欣賞著鏡子裡的自己。其他動物嚴詞斥責她之後，離開了臥室。一些掛在廚房裡的火腿被拿出來埋了，餐具室的啤酒桶則被拳擊手一腳踢進火爐，除此之外，屋子裡維持著原樣。動物們當場一致通過決議，將農舍保留為博物館。全體同意任何動物都不能住在這棟建築裡。

動物們吃完早餐，雪球和拿破崙又把大家叫過來。

「同志們，」雪球說。「現在是六點半，我們眼前還有漫長的一天。今天我們要開始採收牧草。不過，還有一件事必須先處理。」

這時，豬宣布過去三個月來，他們都在用一本舊拼字本自學讀書寫字，它本來屬於瓊斯先生的孩子，後來被扔進垃圾堆。拿破崙吩咐其他動物拿來幾罐黑、白色的油漆，帶著大家來到通往大馬路的五杆柵門。然後，雪球把刷子夾在腳蹄之間（因為他最擅長寫字），塗掉大門上方板子的「莊園農場」字樣，並在原來的位置漆上「動物農莊」。從現在起，這就是農場的名稱了。接著，他們回到農莊的建物群，雪球和拿破崙派動物拿來一架梯子，靠在大穀倉底端的牆上。豬向大家解釋，經過三個月的研究，他們成功將動物主義的信條簡化為「七誡」。現在他們要將「七誡」寫在牆上，而且要制定一條不可變更修改的法律，規範動物農莊裡的所有動物都必須永遠遵守「七誡」。雪球花了一番功夫（因為豬不容易在梯子上保持平衡）爬上去開始寫字，吱吱在他底下幾階提著油漆罐。誡律以大大的白字寫在塗著瀝青的牆面上，即使距離將近三十公尺也看得清楚。內容如下：

「七誡」

一、凡是用兩條腿走路的都是敵人。

二、凡是用四足跑跳或雙翅飛翔的都是朋友。

三、動物不得穿衣服。

四、動物不得睡在床上。

五、動物不得飲酒。

六、動物不得互相殘殺。

七、動物一律平等。

他寫得非常工整，除了把「friend」（朋友）拼錯、寫成了「freind」，還有寫反了其中一個表示複數的「S」之外，其他拼字都是正確的。雪球為其他動物大聲宣讀了「七誡」的內容。他們全都點頭同意，聰明的動物立刻開始背誦誡律。

「現在，同志們，」雪球扔下油漆刷。「大家到牧草場去！我們不能漏氣，要收割得比瓊斯和他的手下更快。」

但就在這時，一直顯得不太舒服的三頭母牛大聲地哞哞叫，因為已經二十四小時沒人幫她們擠奶，乳房都快撐爆了。豬思考一番，找來桶子，幫母牛擠了奶，結果還算成功，因為豬蹄非常適合進行這項任務。不久，冒著泡沫的濃醇牛奶就裝滿了五個桶子，許多動物饒富興致地盯著看。

「這些牛奶要怎麼處理呢？」其中一隻動物發問。

「瓊斯有時會混一些在我們的飼料裡。」一隻母雞說。

「同志們，別管牛奶了！」拿破崙站在桶子前高喊。「之後會被好好處理的。現在，收割牧草更重要。雪球同志會帶大家過去，我幾分鐘後就跟上。前進吧，同志們！牧草正待收割。」

於是，動物成群結隊來到牧草場，同心協力開始收割。傍晚當他們回到農莊時，發現牛奶已經不見了。

第三章

他們為了採收牧草，付出多少辛勞和汗水啊！但動物們的努力得到了回報，收穫成果比預期的還要好。

工作有時很辛苦，因為這些農具是為人類而非為動物設計的，而且動物的一大不便之處是，他們無法使用任何需要後腿站立的工具。但豬很聰明，他們每次都能想出繞過每個難題的辦法。馬熟悉每一寸田地，而且甚至比瓊斯和他的手下更懂得割草耙地。豬其實不親自工作，而是指揮監督其他動物。他們具備超群的知識，自然應當擔任領導職務。拳擊手和三葉草會把割草器或馬耙套在自己身上（當然，現在已經不需要馬具或韁繩了），在田裡穩步地來來回回，一頭豬會走在後面，視情況喊著「走，同志！」或「停，同志！」每一隻動物，即使是最沒有力氣的動物都忙著翻草、集草，連鴨子和母雞也整天在陽光下辛苦來回走動，喙裡銜著幾根牧草。

最後，他們比瓊斯和他的手下通常花的時間還快兩天就完成收割。此外，這也是農場有史以來最好的收成，沒有任何浪費；母雞和鴨子靠著敏銳的視力，連最後一根草莖都沒放過。而且，哪怕只是一口食物，農場裡的動物也沒有偷吃。

整個夏天，農場的工作都井然有序。動物們非常高興。他們從未想過會發生這樣的事。每一口食物都帶來強烈而真實的快樂，因為這確實是他們自己的食物，由他們自己生產，由他們為自己準備，而不是吝嗇的主人施捨的。少了那些沒用的寄生人類，大家就有更多東西可以吃了。儘管動物們沒體驗過閒暇，如今卻也獲得更多的休息時間。他們遇到很多困難，例如今年晚些時候採收了穀物，但農場沒有脫穀機，所以必須用古老的方式踩踏穀物，呼氣把麥糠吹掉；不過，憑著豬的聰明才智與拳擊手強大的肌肉，大家總是能把難關拖過去。所有動物都欽佩拳擊手。即使在瓊斯掌權的時代，他也一直相當勤奮，但現在他的工作量幾乎抵得上三匹普通的馬；有時，農莊的工作似乎全都落在他強健的肩膀上。從早到晚，他總是賣力地推車拉犁，在工作最吃重的地方總能見到他的身影。他特別吩咐其中一隻小公雞，在其他動物起床前半小時先叫醒他，總是在每日例行工作開始之前，自願投入一些勞動，做那些看起來最急需處理的事。面對每一個難題、每一次挫折，他的回應都是「我會更加努力！」——這是他的座右銘。

事實上，每一隻動物都盡力而為。例如在收成時節，母雞和鴨子負責收集散落的穀粒，也同時撿回了五蒲式耳[3]的小麥。農莊

3 蒲式耳（bushel）：英美常用的穀物容量單位，一蒲式耳約等於三十五公升，用來計量玉米、小麥等農作物的收成量。

裡，沒有任何動物偷竊，沒有任何動物抱怨自己的糧食配額，過去常見的爭吵、互咬和嫉妒幾乎消失了。這裡也沒有任何動物偷懶——或者應該說，幾乎沒有動物偷懶。莫莉確實常常早上爬不起來，而且總是以蹄裡卡了石頭為理由早退。貓的行為則有些怪異。大家很快就注意到，只要有工作要做，就哪裡也找不到貓的蹤影。她會連續消失幾個小時，然後在吃飯時或傍晚下班後再次出現，一副什麼事都沒發生的樣子。但她總是能提出絕妙的藉口，配上幾聲嬌嗔，誰也無法懷疑她存心不良。叛變成功後，老班傑明這頭驢子似乎沒什麼改變。他的工作方式與瓊斯時代一樣緩慢而固執，從不逃避，但也不自願做額外的工作。對於反抗與其結果，他不發表任何意見。其他動物問他，瓊斯不在了他是否更快樂，他只是回答：「驢子的命長得很，你們誰見過死掉的驢？」大家也只能滿足於這個令人費解的回答。

第三章

星期天不用工作。早餐比平常晚一個小時開飯，隨後還有週週舉行的儀式。首先是升旗典禮。雪球在馬具室找到瓊斯太太的一塊綠色舊桌巾，用白色油漆在上面畫了一隻蹄和一個角。每個星期天早上八點，農舍花園的旗桿上都會升起這一面旗。雪球解釋，旗幟的綠色代表英格蘭的綠色田野，蹄和角則象徵著未來人類終於被推翻時，即將成立的動物共和國。綠旗升起後，全體動物列隊進入大穀倉舉行大會，這就是所謂的動物會議。他們在會議中規畫下一週的工作，並提出決議、進行討論。提出決議的永遠是豬。其他動物儘管知道如何投票，卻始終無法自行提出任何意見。目前為止，討論過程中最活躍的是雪球和拿破崙。不過，大家注意到這兩隻豬從未立場一致：不論哪隻豬無論提出什麼建議，都可以想見另一隻豬會表示反對。即使最後他們決定了要將果園後的小牧場，規畫為那些無法再工作的動物的安養之地——這件事本身沒有任何異議——

關於每種動物的適當退休年齡，依舊掀起一番激烈的辯論。動物會議總是以〈英格蘭之獸〉的歌聲收尾，然後整個下午都用來娛樂。

豬把馬具室留作自己的總部。夜幕降臨後，他們會在這裡閱讀從農舍帶來的書本，學習打鐵、木工和其他必要的技能。雪球還忙於將其他動物組織成他所謂的動物委員會，在此事上孜孜不倦。他為母雞成立產蛋委員會，為母牛創辦淨尾聯盟，為非家畜同志組織再教育委員會（目標是馴化老鼠和兔子），為羊群推動羊毛潔白化運動；此外，他還開設了閱讀與寫作課程。基本上，這些計畫沒有一項成功了，比方說，馴化非家畜動物的工作幾乎立刻宣告失敗。他們的行為與先前相去不遠，家畜對他們寬容以待，他們卻只會占便宜而已。貓加入了再教育委員會，在其中活躍了幾天。有一天，動物們看到她坐在屋頂上和一些她正好搆不到的麻雀說話。她告訴他們，現在所有的動物都是夥伴，麻雀如果願意的話，都可以過來在她的爪子上休息，但麻雀們依舊保持距離。

不過，閱讀和寫作課的成效顯著。到了秋天，農場裡幾乎所有動物都具備了某種程度的識字能力。

至於豬，他們已經完全讀寫無礙了。狗的閱讀能力相當不錯，但除了「七誡」之外，對其他東西都不感興趣。山羊穆里爾的閱讀能力比狗好一些，有時會在晚上從垃圾堆找來報紙碎片唸給其他動物聽。班傑明的閱讀能力和豬一樣好，卻從未發揮這項長才。他說，據他所知，這世上沒什麼值得一讀的。三葉草學會了所有英文字母，但無法拼寫成單字。拳擊手只能記到字母D。他會用他的大蹄在塵土中勾寫出A、B、C、D，然後站在那裡、耳朵向後豎，盯著這些字母，有時甩動他的瀏海，絞盡腦汁要想起接下來的字母，卻從未成功。有好幾次，他確實把Ｅ、Ｆ、Ｇ、Ｈ學起來了，結果又忘了Ａ、Ｂ、Ｃ、Ｄ。最後，他決定滿足於記住前四個字母就好，並且每天寫個一、兩次以加強記憶。莫莉除了學會自己的名字「MOLLIE」這六個字母之外，拒絕學習任何其他內容。她會找來幾根樹枝，工整地排出那幾個字母，再用一、兩朵花來裝飾，然後開始繞著名字走，細細地欣賞。

農場裡的其他動物只記得住字母Ａ。大家也發現，比較愚笨的動物，如綿羊、母雞和鴨子，記不起「七誡」。幾經深思後，雪球宣布「七誡」事實上可以簡化為一句格言，那就是：「四條腿好，兩條腿壞。」他說，這包含了動物主義的基本原則。只要徹底掌握它，就可以免受人類的侵擾。一開始鳥兒提出抗議，因為他們認為自己也是兩條腿，但雪球向他們證明事實並非如此。

「同志們，鳥的翅膀，」他說。「是用於推進的器官，而不是用來操控，因此應該被視為腿。人類的顯著標誌是手，是他用來製造禍端的工具。」

鳥兒聽不懂雪球的長篇大論，但接受了他的解釋。所有較駑鈍的動物都開始努力背誦新的格言。「**四條腿好，兩條腿壞**」這句話被寫在穀倉盡頭的牆面，用更大的字母寫在「七誡」的上方。羊群在背熟之後，就非常喜歡這句格言。躺在田裡的時候，他們經常咩咩叫起來：「四條腿好，兩條腿壞！四條腿好，兩條腿壞！」連續叫好幾個小時也毫不厭倦。

拿破崙對雪球的委員會毫無興趣。他說，為那些成年動物做的任何事情，都不比教育年幼的動物來得重要。剛好潔西和藍鈴在牧草收割後不久都生產了，總共生下九隻健壯的小狗。等他們一斷奶，拿破崙就把他們從母親身邊帶走，表示他將親自負責教育。他把小狗帶上閣樓。那裡只能從馬具室爬梯子才能到達。他們在閣樓裡與世隔絕，農場的其他動物很快就忘了他們的存在。

牛奶失蹤的謎團很快就解開了：每天，牛奶都被混入豬飼料中。早熟的蘋果現在已完全成熟了，只要風一颳，果園的草地上便灑滿了落果。動物們理所當然地認為這些蘋果會平均分配給大家。然而有一天，動物們收到命令，要把所有的落果收集起來，帶到馬具室供豬享用。

一聽到消息，有些動物低聲議論，但也無可奈何。所有的豬在這一點上意見完全一致，甚至連雪球和拿破崙也支持。吱吱被派去向其他動物進行必要的說明。

「同志們！」他大聲喊道。「我希望，大家不會以為我們豬是出於自私和享有特權才這麼做的。我們有許多同伴其實不喜歡牛奶和蘋果。我自己也不喜歡。我們吃這些東西的唯一目的是為了保持健康。牛奶和蘋果——同志們，科學研究證明，含有維持豬的健康的必要元素。我們這些豬負責腦力活，整座農莊的管理和組織都仰賴我們。我們日夜守護你們的福祉。正是為了各位，我們才喝牛奶、吃蘋果。你們知道，如果我們豬不履行職責會發生什麼事嗎？瓊斯會回來！是的，瓊斯會回來！當然，同志們，」吱吱高喊著，幾乎像在懇求，一邊跳來跳去，左右搖擺，尾巴甩個不停。「你們肯定都不想看到瓊斯回來吧？」

如果有一件事是動物們百分之百確定的，那就是他們絕不想讓瓊斯回來。

當吱吱從這個角度解釋整件事，他們就無話可說了。維持豬隻健康的重要性是顯而易見的，因此大家沒有進一步爭論，一致同意牛奶和被風吹落的蘋果（以及主要的蘋果作物成熟時）應該保留給豬。

第四章

第四章

暮夏之際，動物農莊發生的事已經傳遍了半個郡。雪球和拿破崙每天都會派出一群鴿子，負責與附近其他農場的動物往來滲透，分享反抗的故事，教他們唱〈英格蘭之獸〉。

瓊斯先生大部分時間都坐在威靈頓紅獅酒店的酒吧裡，向任何願意聆聽的人抱怨自己被一群沒用的動物趕出他的家園，傾訴他遭遇的不公不義。其他農民對此基本上表示同情，但一開始並未給予他多少援助。他們每個人都在暗中盤算，可以用什麼方式從瓊斯的不幸中獲利。幸好，毗鄰動物農莊的兩座農場的主人處於長期交惡狀態。其中一座叫狐木農場，是年久失修的舊式農場，周圍雜木橫生，所有的牧場都已荒蕪，樹籬的狀況也很糟糕。這座農場的主人皮爾金頓先生是一位隨和的鄉紳，大部分時間都依著時節去釣魚或打獵。另一座叫做品欽田莊，規模較小，但管理得較好。主人費德里克先生強硬精明，經常和別人對簿公堂，以談判時從不讓步聞名。這兩位農場主痛恨彼此，即使是為了維護自己的利益，也難以達成任何共識。

儘管如此，他們都為動物莊園的叛亂感到極為恐懼，拚命想避免讓自己的動物知道太多消息。起初，他們故作輕蔑地訕笑動物自己管理農場的想法。他們說，整件事將會在兩週內結束。他們放出風聲，宣稱莊園農場（他們堅持這樣稱呼它，無法容忍「動物農莊」這個名字）裡的動物成天只會互鬥，很快就會餓死了。結果，日子一天天過去，動物顯然沒有餓死。費德里克和皮爾金頓態度丕變，開始造謠動物農莊裡盛行的可怕惡行。他們告訴其他人，農莊裡的動物同類相食，用燒紅的馬蹄鐵虐待彼此，雄性還會共享雌性。費德里克和皮爾金頓表示，這就是違背自然法則的下場。

然而，他們這些說詞從未被完全採信。一座人類遭到驅離、動物自治管理的美好農場——這個謠言以各種曖昧扭曲的形式繼續流傳，而那一年裡，一股反叛的浪潮席捲了鄉村。一向溫馴的公牛突然變得蠻暴，綿羊衝破圍籬、吃光苜蓿，乳牛踢倒桶子，獵狐的馬匹拒絕跳欄，一陣急煞之下，把騎士拋到欄杆的另一邊。最可怕的是，〈英格蘭之獸〉以驚人的速度傳播開來，它的曲調、甚至歌詞變得家喻戶曉。儘管人類裝出滿不在乎的樣子、將這首歌當笑話，其實他們是怒火中燒、難以自抑。他們說，搞不懂那些動物怎麼會唱出如此低俗粗鄙的垃圾歌曲。被抓到在唱〈英格蘭之獸〉的動物都會當場遭到鞭打，人類卻仍無法遏止這首歌的傳播。烏鶇在樹籬裡鳴唱，鴿子在榆樹上咕咕叫，旋律滲入打鐵舖的喧鬧和教堂的鐘聲。當人類細聽這首歌，他們不禁暗自顫抖，因為彷彿在歌裡聽見末日預言。

十月初，當玉米完成收割、堆放，有些已經脫粒時，一群鴿子疾飛而來，降落在動物農莊的院子裡，情緒極度激動。瓊斯和他的所有手下，以及來自狐木農場、品欽田莊的六個人，已經攻入五杆柵門，正沿著馬車道前進農場。他們全都拿著棍棒，只有走在最前頭的瓊斯手中持槍。顯然他們企圖奪回農場。

這一切早在動物的預料中，也已經做好萬全準備。雪球研讀過在農舍裡發現的一本關於尤利烏斯．凱撒發動戰役的舊書，因此由他負責防禦行動。他很快便下達命令，幾分鐘之內所有動物已各就各位。

人類接近農莊的建物群時，雪球發動了第一次攻擊。所有的鴿子，共三十五隻，在人們頭頂飛來飛去，從半空中對他們投下排泄物。正當人類遭遇空襲時，躲在樹籬後面的鵝群突然衝出來，狠狠地啄咬他們的小腿。不過，這只是小規模的騷擾行動，意在製造些許混亂。人們很輕易地便用棍棒把鵝趕走了。雪球發動了第二次攻擊。在他的帶領下，穆里歐、班傑明和全體綿羊衝上前去，從各個角度去戳撞這些人，班傑明則轉過身來用小蹄猛踢他們。但這些拿著棍棒、穿著平頭釘靴的人對他們來說太強大了。忽然間，雪球尖叫了一聲。這是撤退的信號。所有動物旋即轉身，從大門逃回院子裡。

人類喊出勝利的歡呼，以為敵人已如自己所想的倉皇潰逃，便拔腿追趕，混亂無章。這恰好符合雪球的神機妙算。人類剛來到院子，埋伏在牛棚裡的三匹馬、三頭牛，還有其餘的豬隻，突然出現在後方，阻斷他們的退路。雪球發出衝鋒信號，自己逕直衝向瓊斯。瓊斯看到他過來，舉槍射擊。彈丸在雪球的背上留下一道血跡，一隻羊倒地身亡。雪球一刻也沒停下來，用自己近百公斤的重量撲向瓊斯的腿。瓊斯被撞進一堆糞便裡，手中的槍也飛了出去。但最可怕的一幕，是拳擊手用後腿站立起來，以種馬之姿揮動他裝著蹄鐵的巨蹄猛擊敵人。他的第一發攻擊正中狐木農場一個馬夫的頭。馬夫隨即癱倒在泥巴裡，一動也不動。幾個人見狀，扔下棍子想拔腿就跑。人類陷入驚慌，接著被所有動物在院子裡一圈又一圈地追著。他們被刺、被牴撞、被踢、被咬、被踩踏。農場裡的動物無一不以自己的方式報復人類，連貓也突然從屋頂跳到一個牧牛人的肩膀上，用爪子掐住他的脖子，讓他當場大聲慘叫。當出入口突然空出來、暢通無阻時，人類如蒙大赦一般倉皇衝出院子，直奔向大路。就這樣，他們在入侵後不到五分鐘，便可恥地原路撤退了。一群鵝發出嘶叫聲、在他們身後追趕，一路啄咬他們的小腿。

所有的人都走了，只有一個人沒離開。拳擊手回到院子裡，用馬蹄去推臉朝下倒在泥地裡的馬夫，試圖把他翻過來。男孩沒有動靜。

「他死了。」拳擊手悲傷地說。「我不是故意的，我忘了我正穿著鐵鞋。你們相信我不是故意的吧？」

「不要多愁善感，同志！」雪球大喊，他的傷口仍在滴血。「戰爭就是戰爭。唯一的好人是死去的人。」

「我不想奪走其他動物的性命，就算是人類的也不想。」拳擊手不斷地說，眼裡滿是淚水。

「莫莉呢？」動物群中傳出一聲驚呼。

莫莉是真的失蹤了。一時間，大家驚慌失措。動物擔心那些人可能會傷害她，甚至把她帶走。然而，最後大家發現她躲在馬廄欄，頭埋在馬槽的乾草裡。原來她一聽到槍響就逃跑了。大家找到莫莉回來後，才發現那個馬夫其實只是昏了過去，清醒後就逃之夭夭。

現在，欣喜若狂的動物重新齊聚，每一隻都高聲分享著自己在戰役中的功績。他們馬上舉行了一場即興的勝利慶祝活動。綠旗升起，動物唱了好幾次〈英格蘭之獸〉，然後為被殺害的羊舉行隆重的葬禮，並且在她的墳上種了一棵山楂樹。雪球在墓邊發表簡短的演說，強調如果必要的話，所有動物都需要做好為動物農莊犧牲的心理準備。

動物們一致決定製作「一級動物英雄」軍事勳章，而且當場授予雪球和拳擊手。那是一枚黃銅獎章（其實是在馬具室裡找到的一些舊黃銅馬飾），讓他們在週日和假日時佩戴。另外還有一枚「二級動物英雄」動章，追授給死去的羊。

他們熱烈地討論該如何為這場戰役命名，最後定名為「牛棚之役」，因為突襲是在牛棚發動的。動物們在泥巴裡找到瓊斯先生的槍，而大家都知道農舍裡還有彈匣。他們決定將這把槍立在旗桿下，有同一門大砲，每年發射兩次——一次在十月十二日，「牛棚之役」週年紀念日，另一次在仲夏節，那是反抗週年紀念日。

第五章

第五章

冬天逐漸逼近，莫莉變得越來越麻煩。她每天早上上班都遲到，總是辯稱自己睡過頭，還抱怨身上莫名疼痛，但她的胃口依然好得不得了。她會拿各種藉口逃離工作，跑去飲水池邊，站在那裡傻傻地凝視自己在水中的倒影。但關於她的事蹟，傳聞中還有更嚴重的事。有一天，莫莉雀躍地走進院子，擺弄著她長長的尾巴，嘴裡嚼著一根乾草。三葉草把她找過來。

「莫莉，」她說。「我有一件非常嚴肅的事要跟妳說。今天早上，我看到妳把頭探到動物農莊和狐木農場之間的樹籬上，樹籬的另一邊站著皮爾金頓先生的一個手下，而且——雖然離得很遠，但我很確定我看到了這一幕——他正在跟妳說話。妳還讓他輕拍妳的鼻子。這是什麼意思，莫莉？」

「他沒有！我沒有！才沒有呢！」莫莉大喊，開始跳腳，用馬蹄子刨地。

「莫莉！好好看著我。妳敢向我保證那個男人沒有輕拍妳的鼻子嗎？」

「才沒有呢！」莫莉又說了一次，但她無法直視三葉草的臉，接著她拔腿就跑，一路奔馳到田野之中。

三葉草突然有個念頭。她一句話也沒跟其他動物說，直接來到莫莉的馬廄欄位，用蹄子掀開乾草：底下藏著一小堆糖塊和幾束不同顏色的緞帶。

三天後，莫莉失蹤了。有好幾星期，動物們都不知道她的下落，後來鴿子報告說他們在威靈頓鎮的另一邊看到她。一輛看來時髦、漆成紅黑相間的雙輪馬車停在一家酒吧外，她就站在車軸之間。一個穿著格紋馬褲和綁腿、看起來像個酒吧老闆的紅臉胖男人，正在撫摸她的鼻子，餵她吃糖。她的鬃毛剛修剪過，額前還繫著一條猩紅色的絲帶。她看起來很享受，鴿子這麼說。動物們再也沒有提起莫莉。

一月的天氣惡劣嚴寒，大地堅硬似鐵，田裡無法耕作。動物在大穀倉裡召開了許多會議，豬群忙著規畫下一季的工作。動物們一致認同，豬顯然比其他動物更聰明，應該負責農莊所有的決策，不過他們的決定必須得到多數表決的批准。要不是因為雪球和拿破崙之間的衝突，這種模式本來可以運作得很好。只要是可能產生分歧的問題，他們一定會意見不合。如果其中一方建議多種大麥，另一方肯定會要求增加燕麥的面積；如果其中一方說某地正好適合種甘藍菜，另一方就會說那裡只適合種根莖類。他們擁有各自的追隨者，雙方有時會陷入激辯。雪球經常在會議上憑著精采的演講，贏得大多數動物的支持，但拿破崙更擅長在會議之外的時間為自己拉票，特別受到羊群的支持。最近，不分場合或時機，羊一直咩咩叫著「四條腿好，兩條腿壞」，而且經常打斷會議。大家注意到，他們特別會在雪球演講時的關鍵時刻叫嚷「四條腿好，兩條腿壞」破壞氣氛。雪球仔細研讀他在農舍裡找到的《農民與牧民》雜誌舊刊，滿腦子都是各式各樣的革新與改良方案。他滿口道理，暢談田間排水系統、青貯飼料和鹼性爐渣，並且設計了一個複雜的方案，讓所有動物每天直接將糞便排入田裡不同的地點，以節省運輸勞力。拿破崙並未提出自己的計畫，只是平靜地表示雪球的計畫不會成功，似乎正在等待時機。在他們的種種衝突之中，沒有任何一場比風車議題更激烈了。

狹長的牧場上，離農舍不遠的地方有一座小山丘，是農莊的制高點。雪球在勘察完地形後，宣布這裡正好適合建造風車，用來驅動發電機，為農莊提供電力。這樣不只能照亮畜欄並且在冬天取暖，還可以用來驅動圓鋸、割草機、切片機和電動擠奶機。動物們從未聽說過這種事情（因為這是一座老式農場，只有最原始的機器）。他們驚訝地聽著雪球擘畫願景：那些奇妙的機器能完成所有的工作，而他們可以在田野裡悠閒地吃草，或是透過閱讀和交流來陶冶自己的心智。

幾週之內，雪球的風車計畫就全部訂定出來了，技術上的細節主要出自瓊斯先生的三本書：《一千個實用居家建築技巧》、《人人都可以是土水師傅》和《初級電學》。雪球把一個曾經用作孵化室的棚子當作書房，裡面有光滑的木地板，適合在上面畫畫。他每次進去就把自己關在裡頭好幾個小時。他拿一塊石頭把攤開的書壓住，用豬蹄的指節夾著一支粉筆，快速地來回移動，畫著一條又一條的線，發出興奮的輕哼聲。這些設計圖漸漸看得出來是一堆複雜的曲柄和齒輪，覆蓋了大半地板，其他動物完全無法理解，但非常欽佩雪球。他們每天至少來看一次雪球的畫作。連母雞和鴨子也來了，走路的時候小心翼翼，以免踩到粉筆線。只有拿破崙冷眼旁觀這一切，打從一開始就公開反對建造風車。然而有一天，他意外現身查看設計圖，腳步沉重地繞著棚子走來走去，審視每一個細節，嗅了一、兩次，然後站了一陣子，斜眼看著設計圖，突然間抬起腿，在圖上撒尿，然後默默離開。

農莊的動物對於建造風車的意見分歧甚巨。雪球不否認這是一項艱難的工程。大家必須搬運石頭並將其建造成牆壁，然後要製作風車翼片，之後還需要發電機和電纜。雪球沒有透露要如何取得這些東西，但他堅持這一切可以在一年之內完成。他宣稱，此後動物將可以節省大量勞力，每週只需要工作三天。然而拿破崙認為，當務之急是增加糧食產量，如果動物們浪費時間建造風車，大家都會餓死。這些動物在「票投雪球，一週四休」和「票投拿破崙，食物裝滿盆」的口號下分成了兩派。班傑明是唯一不選邊站的動物。他不相信食物會變得更加充足，也不認為風車會省下勞力。他說，不論有沒有風車，日子都會像往常一樣——意思是，過得很糟。

除了風車的爭議之外，還有如何保衛農莊的問題。動物們都深知，儘管人類在「牛棚之役」敗北而歸，但他們可能會發動另一次更果決的攻擊，重新奪回農莊，讓瓊斯先生再次當家。現在人類更有理由這麼做了，因為他們戰敗的消息已經傳遍整個鄉村，導致鄰近農場的動物比之前更加躁動。一如既往，雪球和拿破崙依舊意見相左。照拿破崙的說法，動物該做的是購買槍枝，練習射擊技術。雪球的說法則是，動物該做的是派出更多的鴿子，煽動其他農場的動物起身反抗。拿破崙認為，如果不能保衛自己，他們必然會被征服；雪球則認為，如果到處都發生反叛，他們就不會有必須防衛自己的需要了。動物們先聽了拿破崙的說法，然後又聽了雪球的，拿不定主意該相信誰才是對的。事實上，他們總覺得自己認同當下正在發言的那一位。

雪球完成設計圖的那一天終於到來。接下來的星期天大會上，大家將表決是否開始建造風車。動物全數抵達大穀倉時，雪球站了起來，闡述他主張建造風車的理由，儘管偶爾還是會被羊群的咩咩叫聲打斷。接著，拿破崙站起來回應。他非常平靜地輕聲說，風車根本毫無用處，建議大家不要投下贊成票，說完便立刻坐回去；他只說了不到三十秒，而且看起來一副毫不在乎結果如何的樣子。這時雪球跳起來大聲叫喊，聲音蓋過再度咩咩叫的羊，熱情呼籲動物們支持建造風車。到目前為止，動物們對於雙方的贊同程度幾乎是不相上下，但雪球接下來的口若懸河立即讓他們激動不已。他用鮮活的字句描繪出動物卸下卑賤的勞動之後，動物農莊將迎來的美好願景。他的想像現在已經遠遠超出割草機和蕪菁切片機的範圍。他說，有了電力之後，他們可以操作脫穀機、曳引機、耙土機、碾土機、收割機和捆束機，還可以讓每個畜舍都配備自己的電燈、冷熱水和電暖器。雪球結束發言時，表決的走向已經毫無疑問了。但就在此刻，拿破崙站起身，斜睨了雪球一眼，眼神很不尋常，跟著發出一聲大家從未聽過的尖鳴。

這時外面傳來一陣低沉而淒厲的長聲咆哮。九隻戴著黃銅項圈的大狗隨即躍進穀倉裡，直衝向雪球。他在千鈞一髮之際跳開，正好躲過大狗的血盆大口。雪球馬上奪門而出，大狗立刻追了上去。所有動物驚嚇得說不出話來，紛紛擠出門外觀看這場追逐。雪球朝著通往馬路的狹長牧場上奔逃。儘管他以豬能力所及的最快速度逃跑，大狗依然緊追在後。突然間，他腳下一滑，眼看大狗就要抓到他了。結果他再度起身，跑得比之前更快，然後狗又幾乎要追上他，其中一隻差點就咬住雪球的尾巴，但被他及時甩開。最後，他再度衝刺，在大狗距離他不到幾公分的距離時，穿過樹籬間的一個洞口溜了出去，再也不見蹤影。

動物們驚恐萬分，陷入沉默，慢慢走回穀倉。不久，那群大狗又衝了回來。起先沒有任何動物想得到這些傢伙是從哪裡來的，但很快就有了答案：他們是拿破崙從母狗身邊奪走、私下養大的小狗。雖然還沒有完全成年，但他們已經體形壯碩，而且凶猛如狼。狗群緊緊跟隨著拿破崙。動物們發現，他們向拿破崙搖尾巴的模樣，和以前那些狗對著瓊斯先生搖尾巴的樣子一模一樣。

拿破崙現在帶著狗，登上了老少校先前站著發表演說的平台。他宣布，從現在起，不再舉行星期天上午的大會。他說，那些會議都是不必要的，而且還浪費時間。未來所有農莊運作的相關問題，都將交由豬組成的特別委員會解決，並且由他親自主持。他們會舉行閉門會議，然後將決定傳達給其他動物。星期天早上，動物們仍要齊聚一堂向綠旗敬禮、唱〈英格蘭之獸〉，並接受當週的工作指示，但不會再有各種辯論了。

雪球被驅逐一事已經讓動物們震撼不已，拿破崙接下來的公告更是令他們沮喪。要是能找到有力的論點，許多動物其實都想提出抗議。就連拳擊手也隱隱感到不安。他的耳朵往後貼，反覆甩了幾下額前的鬃毛，努力想理清思緒；但最終，他還是想不出該說些什麼。不過，有些豬本身比較善於表達意見。坐在前排的四隻小肉豬發出尖銳的抗議聲。他們同時跳起身，同時張嘴發言。這時，圍坐在拿破崙身邊的狗發出低沉威嚇的咆哮，這些小豬便立刻住嘴，重新坐回位子上。接著，羊群齊聲發出震耳欲聾的咩叫聲，高喊著：「四條腿好，兩條腿壞！」它整整持續將近十五分鐘，徹底斷絕了任何討論的可能性。

隨後，吱吱受命在農莊到處向其他動物解釋這一套新制度。

「同志們，」他說。「我相信這裡的每位動物都能理解拿破崙同志承擔額外勞動所付出的犧牲。同志們，不要以為負責領導是什麼樂事！正好相反，那是沉重的責任。沒有任何動物比拿破崙同志更堅信所有動物都是平等的。他非常樂意讓你們自己做出決定。但同志們，有時你們可能會做出錯誤的決定，到時候我們該怎麼辦？你們想想，本來你們可能決定追隨雪球，相信他畫的風車大餅，結果呢？雪球——我們現在都知道，他不過就是個罪犯！」

「他在『牛棚之役』中非常英勇奮戰。」一隻動物這麼說。

「英勇是不夠的。」吱吱說。「忠誠和服從才更重要。至於『牛棚之役』，我相信總有一天我們會發現，雪球在當中的貢獻被誇大了。紀律，同志們，鐵的紀律！這才是當今需要的口號。走錯一步，我們的敵人就會乘虛而入。當然，同志們，你們肯定不希望瓊斯回來吧？」

這個論點再次讓動物們無法反駁。當然，他們不希望瓊斯回來；如果星期天早上的辯論會有可能讓他回來，那麼辯論就必須停止。現在，拳擊手有時間仔細思考，用一句話概括他自己的想法：「如果拿破崙同志這麼說，那一定是對的。」從那時起，除了他那具座右銘「我會更加努力」之外，他又多了一句格言：「拿破崙永遠是對的」。

到了這時候，天氣好轉了，春耕開始。雪球繪製風車設計圖的棚子始終大門緊閉，動物們猜想地上的那些圖稿大概早都清理掉了。每個星期天早上十點，動物們都在大穀倉內集會，接受當週的工作指示。果園裡老少校的頭骨被挖了出來，上頭的肉早已腐化殆盡，被擺到旗杆底下的樹樁上，和那支槍一起供人瞻仰。升旗典禮結束後，動物們必須列隊行經老少校的頭骨，態度恭敬肅然，然後才能進入穀倉。如今他們不再像過去那樣全部坐在一起。拿破崙、吱吱和另一頭名叫「小不點」、有創作歌曲詩詞天賦的豬，會坐在高台的前端，九隻年輕的大狗圍成半圓守在他們周圍，其他的豬坐在他們身後。剩下的動物坐在穀倉的中央，面朝著拿破崙這一票豬狗。拿破崙會用粗聲的軍事風格宣讀本週指令，然後在唱完一次〈英格蘭之獸〉後，動物們便原地解散。

雪球被驅逐後的第三個星期天，拿破崙宣布將繼續推行風車計畫，動物們聽了不禁有些驚訝。他沒有解釋為何改變主意，只是警告大家，這項額外的任務意味著非常繁重的工作，甚至可能需要減少糧食配給。不過，整個計畫已經準備就緒，連最細瑣的任務都安排妥當了。過去三週以來，豬群組成的特別委員會一直在努力完成這項工作。建造風車與其他的改良計畫，預計將耗時兩年。

當晚，吱吱私下向其他動物解釋，拿破崙從來沒有真正反對建造風車。事實上，最初提倡建造風車的正是他，而雪球在孵化室地板上畫的設計圖，其實是從拿破崙的文件中偷來的。真相是，風車是拿破崙的構想。有動物發問：那麼，為什麼他之前如此強烈反對呢？吱吱聽到這個問題，露出非常奸巧的神情。他說，這就是拿破崙同志的精明之處。他表面上似乎反對風車，其實只是為了解決雪球，因為他是危險份子，會造成不良影響。現在雪球離開了，計畫就可以在沒有他干擾的情況下繼續進行。這就是所謂的戰術，吱吱說。他重複了好幾次：「戰術，同志們，這是戰術！」他輕快地轉圈，一邊歡笑、一邊甩動尾巴。動物們不完全明白這個詞的意思，但吱吱說得如此有說服力，隨行的那三隻狗還同時發出極具威脅的低吼，動物們也只能接受他的解釋，不再追問。

第六章

那一整年，動物們像奴隸般地勞動。但他們樂於工作，不惜付出所有努力與犧牲，因為他們深知，這都是為了自己以及後代子孫，而不是為了一群遊手好閒、貪婪剝削的人類。

整個春夏，他們每週工作六十小時；到了八月，拿破崙宣布星期天下午也要工作。這項任務純屬自願，但缺席的動物都會被減半口糧。即使如此，還是有一些工作沒辦法完成。當年的收成比前一年略差，而且有兩塊本來應該在初夏播種根莖作物的田地，因為沒有及時犁地而未能耕作。可以想見，即將到來的冬天會十分艱難。

動物們在建造風車的過程遇上了出乎意料的難題。農場裡有一座優質的石灰岩採石場，而且他們還在一間小屋裡發現大量的沙子和水泥，他們需要的建材一應俱全。然而，動物們首先遇到了不知怎麼將石頭敲碎成合適尺寸的問題。唯一的方法似乎就是使用十字鎬和鐵撬，而這些工具都需要用後腿站立才能操作，他們根本辦不到。經過好幾週徒勞的嘗試，動物們終於想到可行的方法：利用重力。採石場底部布滿巨石，體積過於龐大，無法直接使用。於是動物們用繩索綑綁這些巨石，接著牛、馬、羊和所有能抓住繩子的動物齊心協力，在關鍵時刻甚至連豬也會加入，以極其緩慢的速度將石頭拖到採石場的最高處再往下推，讓它墜落、粉碎成塊。巨石一旦被砸碎後，運輸工作就比較簡單了。馬兒一車一車運走成堆的石頭，羊則是一塊一塊地拖著，就連穆里歐和班傑明也讓自己套上兩輪輕便小馬車來貢獻一份心力。到了夏末，動物已經累積足夠的石塊，在豬的指揮監督下，正式開始建造風車。

然而，這是一項緩慢而艱苦的工程，經常需要耗盡一整天的體力，才能將一塊巨石拖到採石場的最高處。而且，有時候巨石被推下去時，未能如他們預期的碎裂。拳擊手的力量幾乎等同於其他動物的總和，要是沒有他，簡直無法完成任何事。每當巨石開始滑動，動物們發現自己要被拖下山而絕望喊叫時，都是拳擊手拚命拉住繩索，硬是把巨石穩住。看著他一吋一吋拖著石塊爬上斜坡，急促喘息，蹄尖緊緊扎入土地，龐大身軀的兩側沾滿汗水，所有動物都對他敬佩不已。三葉草有時會勸他不要過度操勞，但拳擊手從來不聽她的話。對拳擊手而言，他那兩句座右銘「我會更加努力」和「拿破崙永遠是對的」，足以克服所有的問題。他甚至特意請求公雞把每天早晨本來已經提前半小時叫醒他的時間，再提前十五分鐘。在如今本來就不多的閒暇時間，他經常獨自前往採石場，收集一車的碎石，然後獨自拖到風車工地上。

儘管勞動很辛苦，整個夏天裡，動物們過得不算太差。雖然他們的食物不比瓊斯時代更多，但至少也沒有減少。現在，他們只需要養活自己，不必再供養五個揮霍無度的人類，這一點帶來的好處極大，足以抵銷生活中的許多挫敗。而且，在許多方面來說，動物的工作方式更加高效，節省了不少勞力，例如除草這類工作，動物們能達成人類無法企及的徹底程度。再者，現在沒有任何動物會偷吃盜取，因此不再需要將牧場與耕地隔開，防止動物闖進耕地，省去了維護樹籬和柵門的大量勞動。然而，隨著夏天漸漸過去，各種意想不到的物資短缺問題開始浮現。他們需要石蠟油、釘子、繩子、狗餅乾，以及製作馬蹄鐵的鐵料，而這些都無法在農莊內生產。後來，除了各種器具，他們還需要種子、人工肥料，以及風車內部的機械設備。這些東西該如何取得，沒有任何動物想得出來。

一個星期天早晨，動物們集合聽取當週的工作指示時，拿破崙宣布他決定採取一項新政策。即日起，動物農莊將與鄰近的農場進行貿易——當然，這並非出於商業目的，只是為了獲取某些急需的物資。他表示，建造風車的需求必須凌駕於一切之上。因此，他正在安排出售一堆乾草和當年小麥的部分收成，如果將來需要更多資金，就必須出售雞蛋來補足，因為威靈頓市場始終有需求。拿破崙說，母雞們應該欣然接受這項犧牲，因為這是她們可以為建造風車付出的特別貢獻。

動物們再次隱約感到不安。永遠不跟人類打交道、永遠不從事貿易、永遠不使用金錢——這些不正是瓊斯被趕走後，第一次勝利大會上最初通過的決議嗎？所有動物都記得曾經通過這樣的決議，或者說，至少他們認為自己記得。在拿破崙廢除集會時出聲抗議的四隻年輕小豬，膽怯地發出微弱的反對聲音，但立刻就被狗群的低吼壓制下去。隨後，羊群一如往常開始高喊「四條腿好，兩條腿壞」，短暫的尷尬場面便被掩蓋過去。最後，拿破崙終於舉起蹄子示意大家安靜，宣布他已經做好一切的安排。動物們都不需要與人類有任何接觸，因為這顯然是一項不受歡迎的任務。他打算親自扛起重責大任。一位住在威靈頓、名叫嗚普先生[4]的律師，同意擔任動物農莊與外界的中間人，會在每個星期一早晨來農莊聽取指示。拿破崙以他一貫的口號「動物農莊萬歲！」總結了他的演講。唱完〈英格蘭之獸〉後，動物們便各自散去。

隨後，吱吱在農場四處巡視，安撫動物們的疑慮。他向大家保證，所謂禁止貿易和使用金錢的決議從未被通過，甚至從未被提

4 Mr. Whymper。「Whymper」與「whimper」拼法非常相似，後者意為「低聲哀鳴」，有軟弱、順從、缺乏反抗之意，暗示他是一個軟弱或無能的人——一個只會「低聲哀鳴」、而不是挺身對抗暴政的人。

出。這純粹是空穴來風，最初極有可能源自雪球散布的謠言。有幾隻動物仍稍感懷疑，但吱吱機敏地反問：「同志們，你們確定這不是你們做夢夢到的嗎？你們有任何這項決議的紀錄嗎？有寫在任何地方嗎？」由於確實沒有任何書面證明，動物們最終相信一定是自己記錯了。

每個星期一，嗚普先生都會按照表定時間前來農場。他是一個長相奸巧、身材矮小的男人，留著絡腮鬍。雖然只是個業務規模不大的律師，但他頭腦精明，比其他人更早察覺動物農莊需要一名代理人，而佣金數字應該相當可觀。動物們用帶著恐懼的眼光看著他來來去去，並且盡其可能地避開他。然而，每當動物看到拿破崙四肢著地，向用兩條腿站立的嗚普發號施令，他們的自豪感油然而生，稍微減低了他們對這項新安排的疑慮。如今，他們與人類的關係已不同於以往。人類並未因為動物農莊的蓬勃發展而減少憎惡；事實上，他們更痛恨這個地方了。每個人都堅信這座農莊遲早會破產，而他們更確定的是，風車計畫終將失敗。他們聚集在酒吧裡，拿一些圖表佐證風車必定會倒塌，或是即使成功建造起來，也永遠無法運轉。不過，儘管他們並不情願，卻也不得不對動物們經營農莊的效率產生一定的敬意——一個明顯可見的跡象是，人類開始使用「動物農莊」這個正式名稱，不再假裝它仍然叫做「莊園農場」。他們也放棄支持瓊斯，因為瓊斯已經對奪回農場徹底絕望，搬到郡內的其他地方生活了。除了透過嗚普，動物農莊與外界仍然沒有直接聯繫，但一直有傳聞說拿破崙即將與狐木農場的皮爾金頓先生或品欽田莊的費德里克先生達成正式的商業協議——大家也發現，拿破崙從未與兩者同時進行談判。

就在這段期間，豬群突然搬進農舍，並且正式定居在裡面。動物們又想起，最初好像有一條決議禁止這麼做，可是吱吱再度成功說服他們事實並非如此。他解釋，豬是農莊的智囊，絕對有必要擁有一個安靜的工作環境，而且，住在房子裡也比住在豬圈裡更符合領袖（最近他開始用「領袖」這個頭銜來稱呼拿破崙）的尊貴地位。儘管如此，有些動物聽說豬不僅在廚房裡用餐、把客廳當作康樂室，甚至還睡在床上時，仍然感到有些不安。拳擊手照慣例用一句話敷衍過去：「拿破崙永遠是對的！」但三葉草記得有一條規定明確禁止動物睡在床上。她走到穀倉的盡頭，試圖辨認寫在牆上的「七誡」，卻發現自己只能讀懂個別字母，便去找穆里歐來幫忙。

「穆里歐，」她說。「把第四誡唸給我聽。它是不是寫說『永遠不能睡在床上』之類的？」

穆里爾費了好大勁才把句子拼起來。

「上面寫的是，『所有動物都不得睡在鋪著床單的床上』。」她終於把句子唸出來。

奇怪的是，三葉草不記得第四誡有提到床單，但既然牆上是這麼寫的，那麼一定原本就是這樣。這時，吱吱剛好帶著兩、三條狗經過，為大家從正確的角度解釋了整件事。

「同志們，想必你們都聽說了，」他說。「我們這些豬現在睡在農舍的床上，但為什麼不呢？你們該不會真以為我們有規定禁止睡床吧？所謂的床，指的不過是睡覺的地方罷了。嚴格來說，一堆鋪在欄間裡的稻草也是床。規定禁止的是床單，那是人類的發明。我們已經把農舍床墊的床單取下，現在只是睡在床上蓋毯子而已。

這些床真的非常舒服！但同志們，我告訴你們，我們現在需要耗費大量的腦力，這樣的舒適是我們應得的。同志們，你們總不會想要剝奪我們的休息吧？難道你們會希望我們因為過度疲勞而無法履行職責？你們肯定都不想看到瓊斯回來吧？」

動物們立刻向吱吱保證，他們當然不希望瓊斯回來，便再也不曾提起豬睡在農舍床上的事了。幾天後，當他們收到「即日起豬群每天早上比其他動物晚一個小時起床」的公告時，也沒有其他動物提出任何怨言。

到了秋天，動物們雖然疲憊，卻也相當開心。他們這一年過得艱辛，賣掉了部分乾草與穀物，導致過冬的儲糧稍嫌不足，但風車計畫讓這一切都值得。他們現在已經快蓋到一半了。收成之後，天氣持續乾燥晴朗，動物們比以往更加努力勞動。他們認為，只要能把牆壁再砌高三十公分，就算整天辛勤來回搬運石塊也是值得的。拳擊手甚至會在夜裡獨自出來，在秋收滿月的光輝下再額外工作一、兩個小時。閒暇時，動物們會繞著尚未完工的風車走來走去，欣賞它堅固筆直的牆壁，驚嘆自己竟然能夠建造出如此宏偉的建築。只有老班傑明拒絕對風車展現出熱情，像往常一樣，除了「驢子的命長得很」這句謎樣的話之外，什麼也沒說。

十一月到來，西南風肆虐。由於氣候變得過於潮濕，他們無法攪拌水泥，建造工程被迫中斷。後來，有一天夜裡刮起了狂風，農莊的建物連地基都被吹得搖晃起來，穀倉的屋頂甚至有幾塊瓦片被掀飛。母雞們從睡夢中尖叫著驚醒，因為她們同時夢見了遠處傳來一記槍響。翌日清晨，動物們從畜欄出來，發現旗桿已經被吹倒，果園低處的一棵榆樹像蘿蔔一樣被連根拔起。就在他們注意到這些的同時，所有的動物發出絕望的哀號，因為他們看見了可怕的景象：風車已經倒塌成殘骸一片。

他們不約而同衝往現場。平時鮮少快走或奔跑的拿破崙，跑在所有動物的最前面。沒錯，風車就這樣躺在那裡，他們奮鬥的成果全被夷為平地，他們辛苦敲碎、搬運的石頭散落了一地。一開始他們說不出話來，只能站在原地，悲痛地凝視那堆坍塌滿地的石塊。拿破崙沉默地來回踱步，不時低頭嗅嗅地面。他的尾巴變得僵直，急促地左右擺動。這表示他正在費盡腦力苦思。忽然間，他停下動作，彷彿下定了決心。

「同志們，」他輕聲說道。「你們知道這是誰幹的嗎？你們知道夜裡來摧毀我們風車的敵人是誰嗎？雪球！」他驟然爆出雷霆般的怒吼。「雪球幹了這好事！這個叛徒懷著十足的惡意，為了破壞我們的計畫，為了報復自己被驅逐的恥辱，他趁著夜色潛入這裡，摧毀了我們近一年的成果。同志們，我在此宣布，判處雪球死刑。任何能將他就地正法的動物，都將獲頒『二級動物英雄勳章』以及半蒲式耳的蘋果！如果能活捉他，加碼獎勵整整一蒲式耳蘋果！」

動物們驚愕得說不出話來，無法相信雪球竟能犯下如此罪行。一陣憤怒的叫喊聲響起。大家開始思考，如果雪球回來該如何抓住他。幾乎在同一時間，有動物在小山丘附近的草叢裡發現了一串豬蹄印。這些足跡只延伸了兩、三公尺，但似乎是往樹籬上的一個洞口而去。拿破崙仔細嗅了嗅，斷言這就是雪球的腳印。他認為雪球可能是從狐木農場的方向過來的。

「同志們，不能再耽擱了！」檢查完腳印後，拿破崙高喊。「我們還有工作要做。從今天早上起，我們要重建風車，整個冬天都要繼續進行工程，風雨無阻。我們會讓這個可悲的叛徒知道，他無法輕易摧毀我們的成果。記住，同志們，我們的計畫絕不能有任何更動——所有工程必須照原定的時間完成。同志們，讓我們努力向前！風車萬歲！動物農莊萬歲！」

第七章

第七章

那年冬天非常嚴寒。風暴過後，霙雪隨之而來，接著嚴霜降臨，天氣直到二月才稍稍緩解。儘管如此，動物們竭盡所能繼續重建風車。他們很清楚外界正密切注意著他們，一旦風車無法按時完工，嫉妒他們的人類會為此幸災樂禍。

人類不安好心，裝出不相信風車是被雪球摧毀的樣子，說風車倒塌是因為牆壁太薄。動物們知道事實並非如此。不過，他們還是決定這次要把牆壁加厚兩倍到一公尺左右，而非先前的半公尺。這意味著他們需要採集更多的石頭。很長一段時間內，採石場都被積雪覆蓋，他們什麼也做不了。後來天氣轉為乾冷，工程才稍有進展，但這項工作極為艱苦，動物們再也無法像之前那樣滿懷希望。他們不但總是受寒，還常常挨餓。只有拳擊手和三葉草從未失去信心。吱吱多次發表精采激昂的演說，讚頌服務的光榮與勞動的尊嚴，但更能鼓舞其他動物的，是拳擊手的力量和他永不動搖的口號：「我會更加努力！」

到了一月，糧食開始短缺。穀物的配給量大幅削減，豬宣布將額外發放馬鈴薯作為彌補。但是他們後來發現儲藏坑裡的馬鈴薯在存放時覆蓋不足，大部分都被凍壞了，導致馬鈴薯軟爛變色，只剩下少數可以食用。一連好幾天，動物們只能吃麥糠和甜菜，飢荒似乎近在眼前。

動物們亟需對外界隱瞞糧食短缺的消息。風車倒塌後，人類變得更加放肆，開始捏造新的謊言來詆毀動物農莊。他們再次聲稱所有動物都因饑荒與疾病瀕臨死亡，還不斷明爭暗鬥，甚至淪落到同類相食、殺害幼獸的地步。拿破崙十分清楚，如果外界得知農莊糧食的真實情況，後果將不堪設想，因此決定利用嗚普先生來散播相反的說詞。以往，動物們在嗚普每週到訪時，幾乎從不與他接觸；現在，拿破崙挑了幾隻動物，其中主要是綿羊，指示他們在嗚普經過時，故意隨口提到糧食配給增加了。此外，拿破崙還下令用沙子將貯糧棚裡幾乎空了的箱子裝到快滿，再在上面覆蓋一層剩餘的穀物和粗磨麵粉。拿破崙找了適當的藉口，帶領嗚普穿過小倉庫，讓他瞥見這些箱子。嗚普上當了，繼續向外界報告動物農莊的糧食並未短缺。

然而，到了一月底，情況已不容許再忽視糧食不足的問題，必須設法從其他地方取得更多穀物。這些日子，拿破崙很少公開露面，幾乎整日待在農舍，那裡的每一扇門外都有凶惡的狗守衛著。每當他現身時，總是很講究排場，六隻狗緊緊跟隨護送，如果有任何動物靠得太近，他們便會發出低沉的吠叫。拿破崙甚至經常連星期天的大會也不露面，而是透過其他豬（通常是吱吱）來發布命令。

一個星期天早晨，吱吱宣布，剛恢復產蛋的母雞們必須上繳雞蛋。拿破崙透過嗚普與外界簽了一份契約，每週需交付四百顆雞蛋。這筆收入得以用來購買足夠的穀物與飼料，讓農莊撐到日子比較好過的夏天。

母雞聽到這個消息，頓時發出一陣悲憤的哀鳴。她們先前已經接到警告，可能需要做出這樣的犧牲，但她們從未想過會真的發生。她們準備了一窩窩的蛋準備在春天裡孵育，抗議說現在拿走雞蛋無異於謀殺。這是從瓊斯被驅逐以來，農莊首次出現類似反叛的徵兆。在三隻黑色米諾卡小母雞的帶領下，母雞們決定要阻撓拿破崙的計畫。她們的反抗方式是飛上橫梁，在那裡下蛋，讓蛋在地上捽個粉碎。拿破崙迅速採取行動，毫不留情。他立即切斷母雞的供糧，下令任何餵食母雞的動物都將被處以死刑，就算是一粒玉米也不行。狗群負責確保這項命令被嚴格執行。母雞們堅持了五天，最終還是屈服了，返回了產卵箱。在反抗期間，共有九隻母雞死亡，屍體被埋在果園裡。動物們接收到的說詞是她們死於球蟲病。嗚普對這個事件一無所知，雞蛋也如期交付，每週都有一輛雜貨商的貨車開進農莊把雞蛋運走。

這段期間，雪球依然不見蹤影。傳言說他躲藏在鄰近的某個農場，若不是狐木農場，就是品欽田莊。此時，拿破崙與其他農場主人的關係比以前稍好一些。農莊的院子裡恰巧有一堆木材，是十年前清除一片山毛櫸林遺留下來堆放至今的，現在已完全風乾。嗚普建議拿破崙把它們賣掉，而皮爾金頓與費德里克都急於出手。拿破崙一直在兩人之間猶豫不決，無法做出選擇。大家發現，每當他似乎快要與費德里克達成協議時，就會有消息傳出雪球藏身在狐木農場；而每當他傾向與皮爾金頓交易時，雪球又被說成躲在品欽田莊。

初春時節，動物突然發現了一件恐怖的事：雪球竟然經常在夜裡潛入農莊！動物們驚恐不已，在畜欄裡幾乎難以入眠。據說每天夜裡，雪球都會趁黑悄悄潛入農莊進行各種破壞行動。他偷了玉米、翻倒牛奶桶、打破雞蛋、踐踏苗圃，甚至咬掉果樹的樹皮。只要出現任何問題，大家已經習於歸咎於雪球。如果窗戶破了或者排水管堵塞，總有動物會說那是雪球夜裡幹的；當小倉庫的鑰匙不見時，整個農莊的動物都堅信，一定是雪球把它丟到井裡了。離奇的是，儘管後來這把遺失的鑰匙被發現是壓在一袋飼料下，卻絲毫沒有改變大家的想法。乳牛們異口同聲說，雪球溜進了牛棚，趁她們在睡夢中偷擠了牛奶。那年冬天在農莊上橫行的鼠輩，據說也與雪球有所勾結。

拿破崙下令全面調查雪球的活動。他帶著狗群親自巡視整座農莊，其他動物則是畢恭畢敬，保持距離跟在後方。每隔幾步，拿破崙便停下來低頭聞一聞雪球的足跡，說自己可以透過氣味來辨認。他嗅遍了每個角落，穀倉、牛棚、雞舍、菜園，幾乎到處都發現雪球的蹤跡。他把鼻子貼在地上，深吸幾口氣，然後突然用可怕的聲音大喊：「雪球！他來過這裡！我清楚聞到他的氣味！」當他嘴裡吐出「雪球」的名字，狗群立刻露出獠牙，發出令動物們不寒而慄的低吼。

動物們嚇壞了。他們覺得雪球宛如一股無形的邪惡力量，瀰漫在周遭的空氣之中，時時威脅著他們的安全。那天晚上，吱吱召來所有動物，神色驚慌，宣稱有個極為重要的消息要報告。

「同志們！」吱吱高喊著，焦急地來回小步蹦跳。「我們發現一件非常可怕的事情！雪球已經加入品欽田莊的陣營！田莊主人費德里克正密謀攻擊我們，想要奪走我們的動物農莊！兩邊開打時，雪球將會為他帶路。事情還不只這樣，更糟的是，我們原本以為雪球的叛變只是出於虛榮和野心，但同志們，我們錯了。你們知道真正的原因是什麼嗎？雪球打從一開始，就是瓊斯的間諜！他一直都是瓊斯的祕密特務。我們剛發現了他留下的文件，裡頭已經證實了這一切。同志們，在我看來，這解釋了很多事。我們不是曾經在『牛棚之役』親眼看到他企圖讓我們戰敗、讓我們徹底毀滅嗎？幸好他失敗了。」

動物們都呆住了。這遠比雪球毀掉風車的行為還要邪惡。但他們花了一些時間才勉強消化了這個指控，因為他們都還記得——或者說覺得自己記得——當初雪球在「牛棚之役」中帶頭衝鋒，在每個關鍵時刻集結、鼓勵他們，甚至在瓊斯的子彈劃傷他的背時，他也未曾停頓片刻。一開始，「雪球與瓊斯是同夥」的說法，讓他們有些難理解，連一向鮮少發問的拳擊手也感到困惑。他臥坐下來，將前蹄收在身體下，閉上眼睛，拚命想理出頭緒。

「我不相信。」他說。「雪球在『牛棚之役』中非常英勇作戰，我親眼看到的。我們不是當場授予他『一級動物英雄』勳章嗎？」

「那是我們搞錯了，同志，因為我們現在知道——這一切都寫在我們發現的祕密文件裡——他當時真正的目的其實是要引誘我們走向毀滅。」

「可是他受傷了。」拳擊手說。「我們都親眼看到他流著血跑過去。」

「那是預謀的一部分！」吱吱高聲回應。「瓊斯的子彈只是擦傷了他！如果你們讀得懂文字的話，我可以給你們看他親手寫下的證據！計畫是要雪球在最關鍵的時刻發出撤退的信號，把農田讓給敵人。他幾乎就要得逞了——我甚至可以說，同志們，要不是我們英勇的領袖拿破崙同志，他早就得逞了。你們難道不記得了？在瓊斯和他的手下衝進院子時，雪球突然轉身逃跑，許多動物也跟著他一起撤退！難道你們也不記得，在恐慌四起、敗局似乎已定的時候，拿破崙同志挺身而出，高喊著『消滅人類！』，狠狠咬住了瓊斯的腿？同志們，你們肯定記得這一幕，對吧？」吱吱激動地說著，一邊跳來跳去。

吱吱把這場戰役描述得如此生動，動物們似乎也回想起來了。至少，他們記得在戰鬥的關鍵時刻，雪球確實轉身跑走了。不過，拳擊手仍有些遲疑不安。

「我不相信雪球一開始就是叛徒。」他終於開口。「他後來的行動是另一回事，但是我仍然相信，在『牛棚之役』當時，他是一個好同志。」

「我們的領袖拿破崙同志，」吱吱放慢語速、語氣堅定地宣告。「已經明確表示——這位同志聽好，是明確表示——雪球一開始就是瓊斯的特務，甚至早在反抗發生前，他已經在為瓊斯效命了。」

「啊，那就不一樣了！」拳擊手說。「如果拿破崙同志這麼說，那一定是對的。」

「這才是正確的精神，同志！」吱吱大聲讚揚，但其他動物發現，他閃爍的小眼睛往拳擊手投去一道陰狠的目光。他轉身準備離開，隨後停下腳步，補上一句令動物們印象深刻的話：「我要警告農莊裡的每一隻動物務必保持警戒，因為我們有理由相信，雪球的密探此刻很可能就潛伏在我們身邊！」

四天後的傍晚，拿破崙下令所有動物在院子裡集合。等大家聚集完畢後，拿破崙從農舍裡出來，胸前佩戴著兩枚勳章——他最近剛親自授予自己「一級動物英雄」和「二級動物英雄」勳章。他的九隻大狗環繞在他的身邊活蹦亂跳，發出令動物們背脊發涼的低沉嗥叫。大家默默地蜷縮在原地，似乎預知即將發生可怕的事情。

拿破崙冷峻地掃視這一幫動物，接著發出一聲尖鳴。狗群立刻向前撲去，咬住四隻豬的耳朵，把他們拖到拿破崙的腳邊。這四隻豬隻在痛苦與驚懼中尖聲慘叫，耳朵流出鮮血。狗群嚐到血腥味，一時似乎陷入了瘋狂狀態，有三隻狗竟突然撲向拳擊手，嚇壞了所有的動物。拳擊手看到他們衝過來便伸出他的大馬蹄，在半空中攔住一隻狗，把他按倒在地。那隻狗驚叫求饒，另外兩隻則夾著尾巴逃跑了。拳擊手看向拿破崙，想知道自己應該將這隻狗踩死還是放了他。拿破崙的神情略異，厲聲命令拳擊手把狗放了。拳擊手抬起了馬蹄，受傷的狗立即哀嚎著溜走。

不久，場面逐漸恢復平靜。四隻豬等待著，渾身顫抖，臉上滿是罪疚。拿破崙現在要求他們承認自己的罪行。這正是當初拿破崙廢除星期天集會時提出抗議的那四頭豬。他們當下沒有任何遲疑，立刻坦承自己在雪球被驅逐後，一直與他有祕密聯繫，共謀摧毀風車，並且和他達成協議，計畫將動物農莊交給費德里克先生。他們還補充說，雪球曾私下向他們坦承，這麼多年來他一直是瓊斯的密探。四隻豬才剛說完自白，狗群立刻撲上去撕裂他們的喉嚨。拿破崙用令人不寒而慄的語氣問是否還有其他動物要坦承。

當初反抗徵收雞蛋時的三隻母雞首謀站了出來，表示雪球曾出現在夢中，煽動她們違抗拿破崙的命令。她們也被屠殺了。接著，一隻鵝走上前，承認自己在去年收割時，偷藏了六根玉米，然後在夜裡吃掉了。隨後，一隻羊承認在飲水池裡小便——雪球慫恿的，她這麼說。還有兩隻羊也承認他們害死了一頭老公羊。老公羊是拿破崙的忠實追隨者，正飽受咳嗽問題折磨，兩隻羊卻追著他繞了篝火一圈又一圈。這些動物全部被當場處死。認罪處決就這樣持續下去，直到拿破崙的腳下堆滿屍體，空氣中瀰漫著濃烈的血腥味。自從瓊斯被驅逐之後，這裡就不曾出現這種氣味了。

一切結束後，除了豬和狗以外，其餘的動物全體悄悄地離去。他們心中充滿恐懼與悲傷，分不清哪一件事比較難以置信——是那些與雪球結盟的動物的背叛，還是他們剛剛親眼目睹的殘酷制裁。過去確實經常發生同樣可怕的流血場面，但這一次是發生在他們自己之間，似乎變得更加恐怖。瓊斯離開農莊後，從未有動物殺害過另一隻動物，連一隻老鼠也沒有。他們走到矗立著未完成的風車的小山丘上，大家同時躺下、靠在一起，彷彿在向彼此取暖。三葉草、穆里歐、班傑明、乳牛、羊群，以及整群的鵝與母雞——所有動物都聚集在這裡，除了貓以外。早在拿破崙下令集合之前，她就突然不見蹤影了。有好一段時間，誰也沒開口。只有拳擊手仍然站著，焦躁地來回踱步，甩動長長的黑色馬尾拍打身體兩側，時不時低聲發出詫異的嘶鳴，直到最後才開口說：

「我不明白，我不相信我們的農莊會發生這樣的事情。我們一定做錯了什麼。我認為，唯一的解決辦法就是更加努力工作。從現在開始，我要每天提早一整個小時起床。」

接著，他便踏著沉重的大步奔向採石場。到達那裡後，他接連收集了兩堆石頭，拖到風車工地上，直到晚上才回去休息。

動物們縮在三葉草身邊，一語不發。他們所在的小山丘可以俯瞰整個廣闊的鄉野，動物農莊幾乎盡收眼底：綿長的牧場一直延伸到主幹道，還有牧草地、灌木叢、飲水池，剛犁過的田裡麥苗茂盛而翠綠，農舍紅瓦屋頂上的煙囪正冒著裊裊炊煙。那是一個晴朗的春日傍晚，斜陽的照耀之下，青草與迸發新芽的樹籬鍍上一層金光。農莊從未顯得如此美好，而動物們突然意識到，這片土地確實屬於他們，每一吋都是他們自己的財產。三葉草俯視著山坡下的景致，眼中盈滿淚水。如果她能夠清楚表達自己的想法，她會說：現在的情況並非多年前動物們立志推翻人類時所追求的目標。那一夜，老少校的演說點燃了他們的反抗之心，但這些恐怖屠殺的場面不是當初夢想中的未來。如果她曾經幻想過未來，那一定是一個沒有飢餓與鞭笞的動物社會，所有動物平等共處，強者保護弱者，就像老少校發表演說那一晚，她用前蹄輕輕環抱住那群無依無靠的小鴨子那樣。然而——她不知道為什麼——如今他們卻來到一個沒有任何動物敢說出自己想法的時代，咆哮的惡犬四處巡邏，大家只能眼睜睜地看著同志們自陳令人難以置信的罪行，然後被撕成碎片。她的心裡沒有任何反抗或不服從的念頭。她深知，即使是現在這種情況下，生活仍然比瓊斯時代好得多，而且比任何事都重要的是，他們必須防止人類捲土重來。無論發生什麼事，她都會保持忠誠、努力工作、服從命令，並接受拿破崙的領導。可是，這一切絕非當初她與其他動物心中夢想、努力打造的世界。他們建造風車、正面迎擊瓊斯的槍口也不是為了這一切。這就是她的想法，不過她無法找到適當的言語來表達。

最後，她唱起了〈英格蘭之獸〉，認為它在某種程度上可以替代自己無法用言語表達的情感。坐在她身旁的其他動物也紛紛加入，一起連唱了三遍——歌聲非常優美，但他們從未如此緩慢而悲傷地歌唱。

他們剛唱完第三遍，吱吱就帶著兩隻狗走了過來，一副有什麼重要的事要說的樣子。他宣布，根據拿破崙同志訂定的特別法令，〈英格蘭之獸〉已被廢止，即日起，禁止再唱這首歌。

動物們大吃一驚。

「為什麼？」穆里歐大聲追問。

「不需要這首歌了，同志，」吱吱板著臉回答。「〈英格蘭之獸〉是反抗歌曲，而現在反抗已經成功。今天下午處決叛徒就是最後一幕，內、外部的敵人都被擊敗了。我們在〈英格蘭之獸〉中表達了對未來美好社會的渴望，如今這個社會已經實現了，顯然這首歌已經沒有存在的必要。」

儘管驚恐不安，有些動物似乎還想要抗議，但就在這時，羊群又開始像往常一樣高聲叫起：「四條腿好，兩條腿壞！四條腿好，兩條腿壞！」咩咩叫聲持續了好幾分鐘，終結了這場討論。

於是〈英格蘭之獸〉不再響起，取而代之的是詩人小不點新創作的一首歌，歌詞開頭是這樣的：

動物農莊，動物農莊，
吾永不致爾於禍！

這首歌從此成為每個星期天早上升旗典禮後的必唱曲目。但不知為何，不論從歌詞或曲調來說，動物們都認為它遠遠比不上〈英格蘭之獸〉。

第八章

幾天後，處決引發的恐懼平息下來，一些動物開始回想起——或者認為他們記得——「七誡」中的第六條規定是「任何動物不得殺害其他動物」。雖然沒有動物膽敢在豬或狗的面前提起這件事，但大家心裡覺得最近發生的這些處決，似乎與此條規定不符。三葉草請班傑明為她讀第六條，而班傑明像往常一樣表示他拒絕插手此類事務，於是她改叫了穆里歐。穆里歐為她唸了那條誡律，上面寫著：「任何動物不得**無故**殺害其他動物。」不知為何，動物們不記得以前有「無故」這兩個字。但現在他們終於明白，處決並未違反誡律，因為殺死那些與雪球結盟的叛徒顯然確實有正當理由。

這一年，動物們比前一年更加辛勤勞動了。要在原訂期限內重建風車、基座牆壁厚度加倍，再加上農場的日常工作，動物們的任務極為艱鉅。有時，動物們覺得現在與瓊斯時代相比，工時變得更長，食物卻沒有更加充足。每個星期天早晨，吱吱會用他的小蹄子壓住一條長紙條，向動物們大聲宣讀一串數據，證明每一種糧食產量都增加了百分之兩百、百分之三百，甚至百分之五百，視具體情況而定。動物們找不到理由懷疑他，尤其現在他們已經不太記得反抗前的情況到底是怎樣的了。儘管如此，有些時候，他們覺得與其聽這些數字，還不如多配給一些食物。

現在，所有的命令都透過吱吱或其他的豬來發布。拿破崙每兩週才會公開露面一次，現身時不僅有狗群隨身護衛，還有一隻黑色公雞走在最前方充當號角手，在拿破崙準備說話前便高聲啼叫「咕咕咕——！」據說，即使在農舍內，拿破崙也和其他豬住在不同的套房裡。他獨自吃飯，有兩隻狗侍候，而且總是拿客廳玻璃櫃裡的皇冠德比牌高級骨瓷餐具來用餐。而且，動物們還接到通知，從今以後除了兩個重要紀念日之外，拿破崙的生日也要鳴槍。

現在，拿破崙不單單只是叫作「拿破崙」。每當提到他時，必須以正式規格稱呼他為「我們的領袖　拿破崙同志」。這群豬還特意為他發明了一長串稱號，諸如：「萬獸之父」、「人類惡夢」、「羊圈護衛者」、「小鴨摯友」等等。吱吱在演說時，總是一邊淚流滿面，一邊歌頌拿破崙的智慧與慈悲，以及他對世界各地所有動物的深切關愛，尤其是其他農場裡那些仍生活在愚昧中、過著奴役生活的可憐動物。每一項成功、每一次好運都歸功於拿破崙，已漸漸成為動物的慣例。你可以經常聽到一隻母雞對另一隻母雞說：「在我們的領袖　拿破崙同志的指導下，我在六天內下了五顆蛋。」又或者，兩頭正在池邊飲水的乳牛會驚嘆：「多虧拿破崙同志的領導，這水喝起來真是甘甜！」小不點創作的一首題為〈拿破崙同志〉的詩，精確描繪出農莊裡的氛圍：

失怙之友！
幸福泉源！
飯桶之主！哦，當我凝視著
您平靜威嚴的雙眼
我的靈魂炙燃
如同高掛的艷陽
拿破崙同志！

您賜予眾生
所愛的一切
天天飽餐兩頓飯，潔淨乾草供打滾

天下大小眾獸
安睡在自己的畜欄裡
您看顧一切，
拿破崙同志！

若我有一乳豬
哪怕沒長足
才像酒瓶高，才像擀麵杖，
就該學會對您
忠誠不二
是啊，第一道哭喊應是
「拿破崙同志！」

拿破崙對這首詩極為讚賞，下令將其題寫在大穀倉的牆上，正對著「七誡」的位置，上方則有一幅拿破崙的側面肖像，是吱吱用白色油漆繪成的。

同時，由嗚普擔任代理人，拿破崙和費德里克、皮爾金頓展開了複雜的談判。那堆木材依舊尚未售出，這兩人皆有意願購買，雖然費德里克更為積極，卻不願開出合理的價格。同時，流言再次四起，謠傳費德里克正密謀襲擊動物農莊並摧毀風車，因為動物成功建成了風車令他眼紅不已。據說，雪球仍潛伏在品欽田莊裡。仲夏時節，動物們聽聞了令人震驚的消息：有三隻母雞自首她們受到雪球煽動，參與了暗殺拿破崙的祕密計畫。她們立即遭到處決，而為了確保拿破崙的安全，農莊採取了新的預防措施。夜裡有四隻狗輪流守護他的床，每個角落各站一隻，另外還有一隻名叫「紅眼」的年輕小豬，負責在拿破崙進食前先試吃所有食物，以防有人下毒。

大約在同一時間，有消息指出拿破崙已經談妥要將這堆木材賣給皮爾金頓先生，而且即將與狐木農場簽訂一項協議，定期交換某些產品。拿破崙和皮爾金頓之間仍然透過嗚普進行聯繫，但他們的關係如今稱得上友好。動物們不信任皮爾金頓，畢竟他是人類；不過，相較於更令動物害怕、痛恨的費德里克，皮爾金頓還是好得多。隨著夏天過去，風車即將完工，關於費德里克將會背信發動襲擊的謠言也甚囂塵上。據說，他打算召集二十名全副武裝的手下來發動攻擊，而且他也賄賂了地方執法官和警察（只要他能拿到動物農莊的地契，官方就不會過問）。品欽田莊流出的費德里克相關殘暴傳聞更是激怒了動物們，包括他將一匹老馬鞭打至死、讓乳牛餓死、把一隻狗扔進火爐裡活活燒死，還有到了晚上，把剃刀碎片綁在公雞腳後的距上讓他們互鬥，從中取樂。當動物們聽到同胞的遭遇，無一不怒血沸騰，有時會大聲叫嚷著，要求允許他們動員起來進攻品欽田莊，趕走人類，解放動物。然而，吱吱勸大家不要衝動行事，應該要相信拿破崙同志的戰略。

儘管如此，動物們對費德里克的憎恨依舊持續升溫。一個星期天早晨，拿破崙現身穀倉，向動物們說明自己從未打算將木材賣給費德里克；他表示，他認為與這種無恥之徒打交道有損他的尊嚴。拿破崙仍持續派鴿子出去傳播反抗之音，但禁止他們踏足狐木農場，並命令將「消滅人類」這個口號改為「消滅費德里克」。到了夏末，雪球的另一項陰謀又被揭露了。今年的小麥田裡雜草叢生，後來動物們發現是雪球趁夜潛入，將雜草種子混入小麥種子裡。一隻參與陰謀的公鵝向吱吱認罪，隨即吞下劇毒的顛茄果自盡。此外，動物們一直以為雪球曾獲頒「一級動物英雄」動章，如今他們得知事實並非如此。那不過是「牛棚之役」經過一段時間後，雪球自己散播的謠言。他非但沒有獲頒動章，還因為在戰鬥中表現怯懦而受到責難。有些動物再次為此感到混亂，但吱吱很快就讓他們相信，是自己的記憶出了錯。

秋天來臨，動物們歷經一番極為艱辛的努力——因為收成與建造風車幾乎同步進行——風車終於完工了。機械設備尚未安裝，嗚普正在洽談購買事宜，但風車結構已正式竣工。儘管缺乏經驗、工具簡陋、厄運連連，再加上雪球的種種背叛，動物們還是咬牙撐過重重困難，準時在預定日期內完成工程！他們疲憊不堪卻也自豪滿滿，繞著他們的傑作走來走去。在他們眼中，這座風車比最初建成當時更加美輪美奐，牆壁也比之前厚了一倍，除非使用炸藥，否則絕不可能摧毀它！當他們想到這段日子自己是如何辛勤勞動、克服各種挫折，想到風車翼片開始轉動、發電機啟動之後，他們的生活將會變得多麼不同——想到這一切，疲倦瞬間消失。他們歡呼雀躍，繞著風車奔跑，發出勝利的歡呼聲。拿破崙在他的狗群和那隻黑色公雞的陪同之下，前來視察建造完成的風車。他親自向所有動物表示祝賀，並宣布風車將會命名為「拿破崙風車」。

兩天後，動物們被召集到穀倉參與特別會議。拿破崙宣布，他已將那堆木材賣給費德里克。動物們震驚得目瞪口呆。明天，費德里克的馬車就會來到農莊，開始運走木材。這段期間，拿破崙表面上一直與皮爾金頓維持友好，實際上卻已暗中與費德里克達成祕密協議。

動物農莊與狐木農場斷絕了所有往來，還向皮爾金頓發出侮辱性訊息。鴿子們也接到新命令，不得再飛往品欽田莊，並且將口號從「消滅費德里克」改為「消滅皮爾金頓」。同時，拿破崙向動物們保證，有關費德里克即將發動襲擊的消息純屬謠言，那些關於他虐待自己農場動物的惡行也遭到過度渲染。這些謠言極有可能來自雪球和他的密探。現在看來，雪球終究並未藏匿於品欽田莊，事實上，他根本從未去過那裡——這些年來，他一直住在狐木農場，仰賴皮爾金頓的金錢支持過活，而且據說過得相當優渥。

豬群為拿破崙老謀深算的計策欣喜若狂。拿破崙假裝與皮爾金頓交好，成功迫使費德里克將木材價格提高了十二英鎊。但吱吱說，拿破崙真正卓越的智慧體現於他從不完全信任任何人，甚至對費德里克也是如此。費德里克原本想用一種叫做「支票」的東西付款——據說，那只是一張寫著付款承諾的紙。但拿破崙太聰明了，要求用真正的五英鎊紙幣支付，而且必須在運走木材之前付款。費德里克目前已經付清款項，而這筆錢僅剛好足以購買風車的機械設備。

在此同時，木材正迅速被運走。等木材全部清空後，拿破崙又在穀倉裡召開了一次特別會議，讓動物們親眼檢視費德里克的鈔票。拿破崙佩戴著他的兩枚動章，安躺在講台上的一堆乾草上，臉上掛著聖潔的微笑，身邊放著紙鈔，整齊地堆疊在農舍廚房拿來的瓷盤上。動物們排著隊緩緩走過，每一隻都瞪大了眼睛。拳擊手伸出鼻子嗅嗅鈔票。那些薄薄的白色紙片在他的呼吸下微微顫動、沙沙作響。

三天後，農莊爆發了一場驚天動地的騷動。嗚普臉色慘白，騎著腳踏車沿著小徑飛馳而來，然後一把將腳踏車扔在院子裡，直奔農舍。下一刻，拿破崙的房裡傳出激動憤怒的咆哮。

出事的消息如野火般蔓延，傳遍了農莊：那些鈔票是假鈔！費德里克白白拿走了木材，一毛錢都沒付！

拿破崙立刻召集所有動物，用一種令人害怕的口氣當場宣判費德里克死刑。他說，一旦抓到費德里克，就要把他活活煮死。同時，他警告大家，既然他們做出這等背叛之舉，接下來的情況恐怕會更加惡劣。費德里克和他的部下隨時可能發動醞釀已久的攻擊，農莊所有出入口要即刻設立崗哨。此外，四隻鴿子被派往狐木農場傳遞和解訊息，希望重建農莊與皮爾金頓的良好關係。

第二天清晨，攻擊就登場了。動物們那時正在吃早餐，瞭望哨兵突然狂奔過來，報告費德里克和他的手下已經突破五杆柵門了。

動物們立刻奮勇迎戰，但這一次，他們沒有像「牛棚之役」那樣輕易獲勝。這次敵軍足足有十五人，攜帶了六支槍，挺近到五十公尺以內就立刻開火。動物們無力招架猛烈的轟擊和刺痛的彈雨。儘管拿破崙和拳擊手拚命試圖重整隊伍，他們還是很快就被逼退了。許多動物已經掛彩。他們躲進農舍裡，戰戰兢兢地從木板縫隙和木節小孔向外窺視。整片牧場，包括風車在內，都落入敵人的手中。這一刻，連拿破崙也顯得不知所措。他一言不發，來回踱步，僵直的尾巴不停抽動。拿破崙期盼地往狐木農場的方向望去，如果皮爾金頓願意帶人前來援助，或許還能扭轉戰局。就在此刻，昨天派出的四隻鴿子飛回來了，其中一隻帶著皮爾金頓的一張紙條，上面用鉛筆寫著：「活該。」

這時，費德里克與其手下在風車附近停下腳步。動物們看著這一幕，驚慌的低語聲此起彼落。有兩個人類掏出了一根鐵橇和一把大錘。他們打算把風車敲垮。

「想得美！」拿破崙大吼。「我們建的牆非常厚，他們就算敲上一個星期也弄不垮！同志們別怕，撐住！」

班傑明卻全神貫注地觀察著這些人的一舉一動，發現拿著鐵橇和大錘的兩人正在風車底座附近鑿洞。班傑明臉上帶一種近乎饒富興致的神情，徐徐地點了點他的長臉。

「果然如此。」他說。「你們還看不出來嗎？他們等下就會把炸藥塞進那個洞裡。」

動物們驚恐地等待接下來的發展。他們現在已無法冒險離開建築物的庇護。幾分鐘後，他們突然看見人類的身影四散奔逃，緊接著傳來一聲震耳欲聾的巨響。鴿子飛上空中盤旋，而所有的動物，除了拿破崙以外，全都伏倒在地，並且掩住自己的臉。等他們再次站起身時，風車原先矗立之處，升起了一大團濃厚的黑煙。當微風漸漸吹散煙霧，風車已經不復存在！

這個景象讓動物們重新燃起鬥志。他們不久之前感受到的恐懼和絕望，被敵人卑鄙可恥行為所激發的憤怒淹沒了。震天的復仇怒吼響起，動物們不再等待進一步的命令，直接一同衝鋒直撲敵人。這一次，他們無視那些如冰雹一般掃來的殘暴子彈。這場戰事殘酷而慘烈。人類不斷開火，動物們逼近時，他們便用棍棒和沉重的靴子猛擊。一頭母牛、三隻羊、兩隻鵝當場喪命，幾乎所有動物都受傷了。甚至連在後方指揮作戰的拿破崙，也被子彈炸傷了尾尖。不過，人類同樣付出了代價：有三人的頭骨被拳擊手的馬蹄踢碎，一人的腹部被乳牛的犄角刺穿，另一人則被潔西與藍鈴撲倒，褲子幾乎被牠們撕咬成碎布。拿破崙指示自己的九隻護衛犬在樹籬的掩護下驀地出現在敵軍的側翼。他們凶猛吠叫，人類為之驚慌失措，赫然發現自己即將陷入被包夾的危機。費德里克向他的手下大喊，趁還能跑，趕快撤退！下一刻，懦弱的敵人開始逃命了。動物們一路猛追到農田的盡頭，在敵人強行鑽過荊棘籬笆時，他們又加踢了最後幾腳。

他們贏了，卻也筋疲力盡、血流不止。動物們開始一跛一跛緩緩走回農莊。看到陣亡的戰友躺在草地上，有些動物不禁傷心落淚。他們走到風車曾經矗立的地方，停下腳步默哀了幾分鐘。沒錯，風車消失了；幾乎所有他們辛勤勞動的成果都化為烏有！甚至連部分的地基也被炸毀了。這一次重建，他們無法像以前那樣利用倒塌的石塊了，因為這一次，連石塊也沒了。爆炸的威力將石塊拋到數百公尺之外，彷彿風車從未存在過。

動物們接近農莊時，在戰鬥中莫名失蹤的吱吱蹦蹦跳跳地向他們走來，搖著尾巴，臉上滿是得意的笑容。這時，動物們聽到從農舍的方向傳來一聲莊嚴肅穆的槍響。

「為什麼要鳴槍呢？」拳擊手問。

「慶祝我們的勝利！」吱吱大聲回應。

「什麼勝利？」拳擊手疑惑地說。他的膝蓋仍在流血，掉了一只蹄鐵，馬蹄裂開，後腿還卡著十幾塊子彈碎片。

「你問什麼勝利，同志？我們不是已經把敵人趕出我們的土地了嗎？——我們神聖的動物農莊。」

「但是他們炸掉風車了，我們花了整整兩年才建好的！」

「有什麼關係呢？我們可以再建一座風車。只要我們願意，甚至可以建六座風車。同志，你不明白，我們剛剛完成一件多麼偉大的壯舉。敵人那時候已經占據我們腳下的這片土地，而現在——多虧拿破崙同志的領導——我們又重新贏回了每一吋土地！」

「我們奪回了原本屬於自己的土地。」拳擊手說。

「這就是我們的勝利。」吱吱回答。

動物們一拐一拐地走進院子。拳擊手後腿裡嵌著的子彈令他刺痛難耐。必須再次從地基開始重建風車的繁重工作就在面前，他早已在心中做好迎接這項任務的準備，但他頭一次意識到自己已經十一歲了，他那強壯的肌肉也許不如從前那般有力了。

不過，當動物們看到綠旗飄揚，聽見槍聲再次響起——總共鳴放七次——再加上聽到拿破崙針對動物們的表現發表祝賀演說，讓他們感覺自己似乎真的贏了一場大捷。他們為在戰鬥中犧牲的動物舉行了隆重的葬禮。拳擊手和三葉草拉著充當靈車的馬車，拿破崙則親自走在送葬隊伍最前頭。接下來整整兩天，農莊都沉浸在慶祝活動中，有歌唱、演講，還有更多鳴槍。每隻動物都收到一顆蘋果作為特別獎勵，每隻鳥獲得兩盎司的穀物，每隻狗分得三塊餅乾。拿破崙宣布，這場戰役將被稱為「風車之役」，還特別為此創設一種新的「綠旗動章」，並且親自授勳給自己。在一片普天同慶的狂歡之中，不幸的假鈔事件很快就被遺忘了。

幾天後，豬群在農舍地窖裡發現了一箱威士忌，他們當年接管時，沒注意到它的存在。當晚，農舍裡傳出了響亮的歌聲，令所有動物驚訝的是，其中竟然夾雜著〈英格蘭之獸〉的旋律。九點半左右，有動物清楚目擊拿破崙戴著瓊斯先生的舊圓頂禮帽，從後門狂奔而出，在院子裡飛馳了一圈，又衝回屋內不見了。然而，第二天早晨，農舍籠罩著一片死寂，感覺連一頭豬的動靜也沒有。直到將近九點時，吱吱才現身。他的步伐緩慢沉重、目光呆滯，尾巴無力地垂在身後，一副病得不輕的模樣。他召來所有的動物，告訴他們有一個可怕的消息要宣布：拿破崙同志快死了！

農莊內響起一片哀悼的哭聲。農舍門外鋪上乾草，動物們走路都踮起腳尖、放輕腳步。他們的淚水在眼中打轉，彼此詢問：如果他們的領袖離開了該怎麼辦。謠傳雪球終究還是成功在拿破崙的食物裡下了毒。十一點鐘，吱吱再次現身，帶來另一項公告。作為他在世上的最後一項法令，拿破崙同志鄭重宣布：飲酒者將被處以死刑。

不過，拿破崙的情況到了傍晚似乎有所好轉。第二天早上，吱吱欣喜地告知動物們，他已經逐漸康復。到了當天晚上，拿破崙回到了工作崗位。又過了一天，據悉他指示嗚普在威靈頓鎮上購買一些有關釀酒和蒸餾技術的小冊子指南。一週後，拿破崙下令將果園外的小牧地徹底翻耕，那一片土地原本是預留給退休動物享用的。豬群對外宣稱，那片牧地的草已經枯竭，需要重新播種；但動物們很快便得知，拿破崙真正的計畫是要在那裡種植大麥。

大約在這段期間，農莊發生了一件幾乎沒有動物能夠理解的怪事。某天晚上十二點左右，院子突然傳來一聲巨響，動物們連忙從畜欄衝出來。那是個月光皎潔的夜晚。大穀倉盡頭寫著「七誡」的那面牆壁下，有一架斷成兩截的梯子。吱吱癱倒在梯子旁，暫時失去意識。他的身邊還有一盞燈籠、一把油漆刷，以及翻倒一地的白色油漆。狗群立刻將吱吱團團包圍，等他能起身走路後，迅速護送他回到農舍。沒有任何動物理解這一切究竟意味著什麼——除了老班傑明，默默地點了點他的長臉，似乎了然於心，卻什麼也沒說。

但幾天後，穆里歐獨自重讀「七誡」時，發現動物們又記錯了一條誡律。他們一直以為第五條誡律是「任何動物不得飲酒」，結果有兩個字他們忘記了。那條誡律其實是這麼寫的：「任何動物不得**過度**飲酒。」

第九章

拳擊手的蹄裂傷癒合得很慢。勝利慶典結束的隔天，他們便開始重建風車。拳擊手連一天也不肯休息，而且將不讓動物們看出他的腳很痛視為一種榮譽。到了晚上，他才私下向三葉草承認，蹄傷讓他十分難受。三葉草把藥草咀嚼成藥膏敷在他的傷口上，她和班傑明都勸拳擊手別那麼賣力。「馬的肺不是鐵打的。」三葉草勸他，但拳擊手就是不聽，說自己只剩下一個心願希望能實現：在退休之前，親眼看到風車順利運作。

動物農莊當初制定法律時，馬和豬的退休年齡定為十二歲，牛為十四歲，狗為九歲，羊為七歲，母雞和鵝則是五歲。大家一致同意要提供寬裕的退休俸。目前為止，還沒有動物實際領取過退休俸，但最近這個話題越來越常被提起。如今果園外那一小塊地已被劃作大麥田，傳聞大牧場的一角將會用柵欄圍起來，改作為退休動物的牧場。據說，馬的退休俸是每天五磅穀物，冬天則有十五磅乾草，法定假日還外加一根紅蘿蔔，也有可能是一個蘋果。拳擊手將在來年的夏末迎接十二歲生日。

然而，生活依舊艱苦。冬天和去年一樣寒冷，糧食還更為短缺。除了豬和狗之外，其他動物的糧食配給又再次減少。吱吱解釋，配給平等過於死板會違反動物主義的原則。無論如何，他總能輕易地向其他動物證明，儘管表面上看起來食物不夠，可是他們其實不缺糧食。當然，目前確實有必要重新調整配給（吱吱總是稱之為「調整」，從來不說「減少」），但是與瓊斯時代相比，生活已經改善很多了。他用尖銳急促的聲音朗讀數據，詳細證明他們比瓊斯時代獲得了更多的燕麥、乾草和蕪菁，工作時間更短，飲用水品質更好，壽命更長，幼崽存活率更高，畜欄裡鋪著更多的稻草，受跳蚤叮咬的次數也少了。動物們相信了他說的每一個字。老實說，瓊斯和他所代表的一切幾乎已從他們的記憶中消失。他們知道現在的生活艱辛而困乏，經常挨餓受凍，除了睡覺之外，大部分時間都在工作。但從前的日子情況無疑更糟，他們樂於如此相信。再說，正如吱吱不忘指出的，他們過去遭受奴役，而現在享有自由——這正是關鍵所在。

現在農莊有更多張嘴要餵了。四頭母豬在秋天幾乎同時產仔，一共生下了三十一頭小豬，全是花斑色的，而由於拿破崙是農莊唯一的種豬，他們的父親是誰不難猜測。動物們後來聽說，等購入磚塊和木材後，農舍的花園裡將建造一間教室。目前，小豬暫時待在農舍廚房裡由拿破崙親自指導。他們在花園裡活動，被禁止與其他動物的幼崽玩耍。大約在這段期間，農莊還多了一條新規定：當豬和其他動物在路上相遇時，另一隻動物必須給豬讓路；此外，所有的豬，無論階級高低，每逢星期天都有權在尾巴繫上綠絲帶。

農莊那年收成還算不錯，但仍然缺錢。建造教室需要購買磚塊、沙子和石灰，還要開始存錢來買風車的機械設備。此外，農莊還必須採購屋內使用的燈油和蠟燭，拿破崙餐桌上的糖（他以糖會讓他們變胖為由，禁止其他的豬享用），以及工具、釘子、繩子、煤炭、鐵絲、廢鐵和狗餅乾等日常消耗品。農莊出售了一堆乾草和部分馬鈴薯收成，雞蛋合約也增加到每週供應六百顆，導致那年母雞孵化的小雞僅勉強維持著原來的數量。糧食配給在十二月減量，二月又再次減少，而且為了省油，畜欄開始禁止點燈。然而，豬群似乎過得相當舒適，甚至還變胖了。二月下旬的一個午後，一股溫暖濃郁、聞來令人胃口大開的香味飄過院子。那是動物們從未聞過的味道，來自那間小釀酒房。它早在瓊斯時代就廢棄了，位於廚房後方。有人說，那是熬煮大麥的味道。動物們饑餓地嗅著空氣，想知道今天的晚餐會不會是溫熱的麥粥。但晚餐並沒有出現溫暖的麥粥。到了下個星期天，他們接獲消息，即日起所有大麥都將保留給豬。果園外的田裡已經種下了大麥，消息很快就傳開：現在每頭豬每天可以領到一品脫啤酒，拿破崙則是每天享用半加侖，而且總是用皇冠德比牌的附蓋湯盅為他盛上。

不過，儘管需要忍受一些困苦時刻，如今生活比以往更有尊嚴感，這個事實多少抵銷了那些艱辛。農莊裡出現更多的歌曲、演說和遊行。拿破崙下令每週舉辦一次所謂的「自發遊行」，目的是頌揚動物農莊的奮鬥與勝利。每當指定的時間一到，動物們就會放下工作，以軍事隊形繞著農莊遊行，由豬帶頭，然後是馬、牛、羊，最後是家禽。狗走在隊伍兩側，最前面則是拿破崙的黑色公雞。拳擊手和三葉草總是一起舉著一面綠色旗幟，上頭印著蹄子和犄角的標誌，還寫著「拿破崙同志萬歲！」隨後，大家會朗誦致敬拿破崙的詩歌，吱吱會發表演說，詳細說明最近糧食產量的增加，有時還會鳴響一槍。羊是自發遊行的最忠實支持者，如果有動物抱怨（附近沒有豬或狗時，偶爾會有幾隻動物這麼做）這些活動浪費時間，還得在寒風中久站，羊群一定會高聲咩咩——「四條腿好，兩條腿壞！」——來讓他們閉嘴。但整體來說，動物們還是喜歡這些慶祝活動的。當豬提醒他們，畢竟他們確實是真正的主人，做這些事情都是為了自己好，這讓他們感到很欣慰。於是，在歌曲、遊行、吱吱的數據表、槍響、公雞啼叫，以及旗幟的飄揚之間，至少在那短暫的時刻，他們能忘記自己的肚子是空的。

四月，動物農莊宣布成立共和國，需要選出總統。唯一的候選動物是拿破崙，他毫無異議全票當選。同一天有消息傳出：他們發現了新文件，揭露雪球與瓊斯共謀的更多細節。現在看來，雪球不只如動物們先前所猜想的那樣、試圖用詭計讓「牛棚之役」失敗，實際上還公然為瓊斯一方作戰。事實上，他當時是人類軍隊的首腦，在衝鋒時高喊著「人類萬歲！」。至於雪球背上的傷痕，有些動物至今仍記得曾經看過，那其實是拿破崙的牙齒留下的咬痕。

仲夏時節，消失多年的烏鴉摩西突然重返農莊。他一點也沒變，仍然不幹活，一如往常高談著糖果山。他總是停在一截樹樁上，拍動黑色的翅膀，對任何願意聆聽的動物說話，一開口就至少一小時。「同志們，在那上面，」他會用大喙指著天空，嚴肅地說。「那邊，就在你看到的那片烏雲的後面——糖果山就在那裡，那是個幸福的國度，讓我們這些可憐的動物永遠從勞動中解脫！」他甚至宣稱自己有一次飛得夠高，去過那裡，親眼看到無邊無盡的苜蓿，還有長在樹籬上的亞麻籽餅和方糖。許多動物都相信他。他們仔細想想，現在的生活又餓又苦，有更美好的世界在其他地方等著他們，這難道不是理所當然的嗎？讓動物們難以捉摸的，是豬群對摩西抱持何種態度。他們鄙斥他的糖果山故事，說那些都是謊言，卻又允許摩西留在農莊，不用工作，每天還給他一小杯啤酒作為津貼。

拳擊手的蹄傷痊癒後，比以前更加賣力工作。事實上，那一年所有動物都辛勞得像奴隸一樣。除了農莊的日常工作和重建風車，他們三月還開始為小豬建造校舍。長時間勞動加上糧食不足，有時候確實餓得難以忍受，但拳擊手從未動搖。他的言行中，看不出任何顯示他的力量已大不如前的跡象。唯一稍有變化是他的外表：皮毛不如以前光澤閃耀，壯實的臀部似乎也瘦了下來。其他動物說：「等春天的青草長出來，拳擊手就會恢復的。」但春天來了，拳擊手卻沒有變壯。有時，在通往採石場頂部的斜坡上，當他繃緊肌肉拉動巨石，看上去彷彿支撐他站在那裡的不是力量，而只是那股不願放棄的意志。每當這時，動物們會看到他用嘴唇默念著「我會更加努力」，已經發不出聲音。三葉草和班傑明再次勸他要保重身體，但拳擊手完全不理會他們。他的十二歲生日快到了。他不顧一切，只希望能在退休前積累足夠的石頭。

一個夏末的傍晚，拳擊手出事的消息突然在農莊裡傳開。稍早，他獨自去把一車石頭拖往風車工地。看來傳聞是真的。幾分鐘後，兩隻鴿子匆匆飛來報信：「拳擊手倒下了！他側躺在地，爬不起來了！」

農莊上約有一半的動物立刻奔向風車所在的小山丘。拳擊手就躺在車軸之間，脖子往前伸，抬不起頭來。他雙眼呆滯，身體兩側都被汗水浸濕了。一道細細的鮮血，從他的嘴角流出。三葉草跪倒在他身邊。

「拳擊手！」她大喊。「你還好嗎？」

「我的肺不行了。」拳擊手虛弱地回應。「沒關係的。我想，就算沒有我，你們也能完成風車。石頭已經積累不少了。無論如何，我也只剩一個月就要退休了。老實說，我一直很期待退休。既然班傑明也老了，也許他們會讓他和我一起退休，跟我作伴。」

「我們需要其他動物立刻過來幫忙。」三葉草說。「快去，你們誰快去告訴吱吱出事了。」

其他動物立刻飛奔回農舍通知吱吱，只有三葉草和班傑明留下來。班傑明默默躺在拳擊手身旁，用長尾巴幫他趕走蒼蠅。大約十五分鐘後，吱吱出現了，滿臉同情擔憂。他說，拿破崙同志聽到這個最忠誠的勞動者遭遇不幸，感到無比痛心，已安排將拳擊手送往威靈頓的醫院接受治療。動物們聽了這段話感到有些不安。除了莫莉和雪球，其他動物從來沒有離開過農莊，他們也不想把生病的同志交到人類手中。不過，吱吱輕易說服了他們，說威靈頓的獸醫能比農莊提供拳擊手更完善的治療。大約半小時後，拳擊手稍稍恢復了，費了好大的勁才站起來。他舉步維艱地回到自己的畜欄，而三葉草和班傑明已經為他準備好一張鋪滿乾草的舒適睡鋪。

接下來兩天，拳擊手一直待在自己的隔欄裡。豬送來了一大瓶粉紅色藥水，說是在浴室的藥箱裡找到的。三葉草給拳擊手在飯後每天服用兩次。晚上，她會躺在他的隔欄裡陪他說話，班傑明則負責幫他驅趕蒼蠅。拳擊手聲稱，發生這樣的事，他自己並不難過。如果恢復得好，或許還能再活三年。他期待著能在大牧場的角落度過平靜的日子。那將會是他有生以來首次有閒暇去學習，提升心智。他說，他打算將餘生用來學會剩下的二十二個字母。

然而，班傑明和三葉草只能在工作之餘陪伴拳擊手，貨車卻在中午時分過來把他載走。那時，動物們正在一頭豬的監督下在拔除蕪菁田裡的雜草，驚訝地發現班傑明從農舍的方向飛奔而來，聲嘶力竭地大吼大喊。這是他們第一次看到班傑明如此激動——事實上，這也是所有動物第一次見到他大步狂奔。「快！快！」他大喊。「快來！他們要把拳擊手帶走了！」不等豬的命令，動物們丟下工作，跑回農場。

動物們顧不得等待豬的命令，立刻停下工作，朝農莊的建物狂奔而去。果然，院子裡停放著一輛大型封閉貨車，由兩匹馬拉著，車身上寫著字，駕駛座上坐著一個頭戴低簷圓頂禮帽、看起來賊頭賊腦的男人，而拳擊手的畜欄已經空了。

動物們擠在貨車周圍。「再見，拳擊手！」他們齊聲高喊。「再見！」

「笨蛋！笨蛋！」班傑明大罵，繞著他們焦躁地跳動，氣得用小蹄猛跺著地面。「一群笨蛋！難道你們沒看到車上的字嗎？」

動物們頓時停下來，四下一片寂靜。穆里歐開始一個字母一個字母地唸。但班傑明把她推到一邊，在死寂之中讀出那幾個字：

「『阿弗雷德．西蒙茲，威靈頓馬匹屠宰商與馬膠熬製商，經銷獸皮與骨粉，犬食供應。』你們還不明白嗎？他們要把拳擊手送去屠宰場！」

所有動物齊聲發出驚恐的尖叫。這時，駕駛座上的男人鞭策馬匹，貨車迅速駛離院子。所有動物都跟著車子奔跑，大聲哭喊。三葉草硬擠到最前面，貨車開始加速。三葉草努力催動自己沉重的四肢奔跑起來，終於勉強達到小跑步的速度。「拳擊手！」她大叫。「拳擊手！拳擊手！拳擊手！」就在此時，拳擊手彷彿聽到了外面的喧鬧，那張鼻頭帶著白色條紋的臉出現在貨車後方的小窗戶裡。

「拳擊手！」三葉草用絕望的聲音大喊。「拳擊手！快逃！快逃出來！他們要送你去死！」

所有動物都跟著喊叫起來：「快逃，拳擊手，快逃！」但貨車已經加速，漸漸遠離他們。動物們不確定拳擊手是否聽懂三葉草說的話，但片刻之後，他的臉從車窗消失，車內傳來一陣馬蹄猛烈踢踹的聲響。他正試圖踢開車門逃跑。曾幾何時，拳擊手只需幾下就能把這輛車踢得粉碎。唉，可是啊！力量已經離他而去。沒多久，踢門的聲音漸漸微弱，最終完全消失。陷入絕望的動物們開始向拉車的兩匹馬求助。「同志，同志！」他們大喊。「不要送你們的兄弟去死啊！」但這兩匹愚蠢的畜生根本不明白發生了什麼事，只是把耳朵向後貼緊，加快腳步。拳擊手的臉再也沒有出現在小窗戶上。等動物們想到應該跑到前方去關上那道五杆柵門時，一切已經太遲。沒多久，貨車就穿過大門，沿著道路消失在遠方。動物們再也沒有見過拳擊手。

三天後，消息傳來：儘管拳擊手接受了馬匹所能獲得的各種照護治療，最終仍在威靈頓的獸醫院去世了。吱吱過來向其他動物宣布死訊。他說，他在拳擊手生命的最後幾個小時，一直陪伴在側。

「那是我見過最動人的一幕！」吱吱說，他舉起蹄子，擦去眼角的淚水。「我守在他的床邊，直到最後一刻。他臨終前，幾乎虛弱得說不出話來，他在我耳邊低聲說，他唯一的遺憾是在風車尚未完成前就離世。『同志們，向前進！』他輕輕說著，『以反抗之名向前進！動物農莊萬歲！拿破崙同志萬歲！拿破崙永遠是對的。』同志們，這就是他的遺言。」

說到這裡，吱吱的神情突然一變。他沉默片刻，小小的眼睛裡充滿猜疑，掃視一下四周，然後才繼續說下去。

他說，據他所知，拳擊手被帶走時，農莊上流傳著愚蠢而邪惡的謠言。有些動物注意到帶走拳擊手的貨車上寫著「馬匹屠宰商」的字樣，竟然就以此斷言拳擊手是被送去屠宰場。吱吱說，竟然有動物愚蠢到這種地步，這簡直令他難以置信。他甩著尾巴，左蹦右跳，大聲憤慨地說，你們難道真的這麼不了解你們敬愛的領袖　拿破崙同志嗎？整件事其實一點都不複雜。那輛貨車以前確實屬於屠宰場，後來被威靈頓的獸醫買下來，只是他還沒把舊的字樣塗掉。誤解就是這樣產生的。

聽到這番解釋，動物們都鬆了一口氣。吱吱接著詳述拳擊手臨終前受到的悉心照料，以及拿破崙不計成本為他支付昂貴的藥物。這時，動物們心中最後一絲疑慮消失了，悲傷也退去了，取而代之的是一種安慰：至少，拳擊手是幸福地死去的。

接下來的星期天早晨，拿破崙親自出席大會，發表簡短的悼詞紀念拳擊手。他說，雖然無法將這位深受大家懷念的同志的遺體帶回農莊安葬，但他已經下令用農舍花園裡的月桂樹編織一個大花圈，送去放在拳擊手的墳上。他還說，豬群打算在幾天後舉辦一場紀念宴會，以表彰拳擊手對動物農莊的貢獻。拿破崙在結束演說前，提到拳擊手那兩句座右銘：「我會更加努力」，以及「拿破崙同志永遠是對的」——他說，每一隻動物都應該將這兩句話當作自己的座右銘。

預定舉行宴會那一天，一輛雜貨店的貨車從威靈頓開到農莊，運來了一個大木箱。那天晚上，農莊傳來一陣陣喧鬧的歌聲，隨後似乎發生了激烈的爭吵，一直持續到十一點左右，最後是在一聲玻璃破碎的巨響下才終於安靜下來。直到隔天中午之前，農舍裡沒有任何動靜。農莊上流傳著謠言，不知道豬是從哪裡弄到一筆錢，又給自己買了一箱威士忌。

第十章

第十章

歲月流轉、四季更迭，動物短暫的生命匆匆消逝。這一天終於到來：除了三葉草、班傑明、烏鴉摩西，以及幾頭豬之外，已經沒有動物記得反抗前的舊時光了。

穆里歐死了；藍鈴、傑西、品鉗都不在了。瓊斯也死了——死在外地的一間酗酒者收容所。雪球被遺忘了。拳擊手也被遺忘了，只剩幾個原本就認識他的還記得他。三葉草現在成了一匹發福的老母馬，關節僵硬，雙眼很容易流眼油。她的年歲已經超過退休年齡兩年，但其實沒有任何一隻動物真正退休。在牧場一角劃出一塊區域供退休動物安度晚年的計畫，早就被拋諸腦後。拿破崙如今是一頭重約一百五十五公斤的成年公豬，吱吱則胖得幾乎睜不開眼了。只有老班傑明長得跟過去沒什麼兩樣，只是嘴邊的毛色有些灰白，而且自從拳擊手去世之後，他比以前更加陰鬱寡言。

現在農莊裡的動物數量增加了不少，儘管成長幅度遠不及過去預期的那麼大。對於許多新生的動物而言，那一場反抗只是耳聞的遙遠傳說；有些動物是後來購入的，在來到這裡之前，他們甚至從未聽過這樣的事情。除了三葉草之外，農莊現在還有另外三匹馬。他們身形健碩，勤奮勞動，也是忠誠的同志，頭腦卻極為愚鈍。他們無法學會B之後的字母，接受一切關於反抗與動物主義原則的說法，尤其是三葉草說的話——幾乎把她當成母親一般敬重——至於他們真正理解多少則值得懷疑。

農莊現在更加繁榮，管理也更有系統，甚至還從皮爾金頓先生那裡收購了兩塊田地。風車終於順利竣工，農莊也有了自己的脫穀機和牧草升運機，還蓋了許多新建物。嗚普也給自己買了一輛雙輪馬車。然而，風車最終並未用來發電，而是用來碾磨穀物，為農莊帶來可觀的經濟收益。動物們正在努力建造另一座風車；據說，完工後便會安裝發電機，但是當年雪球引領動物們夢想的那些奢侈享受——有電燈、冷熱水的畜欄，以及每週工作三天的生活——如今已不再被提起。拿破崙譴責這些想法，斥之與動物主義的精神背道而馳。他說，真正的幸福來自努力工作、節儉度日。

不知為何，農莊似乎變得更加富裕，動物們卻並沒有因此變得更富足——當然，豬和狗是例外。或許原因之一是農莊裡的豬和狗越來越多。按照這些動物的說法，他們並非不事生產。正如同吱吱不厭其煩地解釋，監督和組織農莊的運作本身就是無窮無盡的工作，而其中大部分內容往往是其他無知的動物沒辦法理解的。比方說，吱吱告訴他們，豬每天要耗費大量精力處理一些神祕的東西，諸如「檔案」、「報告」、「會議記錄」和「備忘錄」等。這些都是必須密密麻麻寫上文字的大張紙張，一旦寫滿後就會被丟進火爐焚毀。吱吱說，這是維護農莊福祉最為關鍵的任務。只不過，豬和狗未能靠自己的勞動生產任何食物，而他們數量眾多，而且食量向來很大。

至於其他動物，生活還是一如既往。他們總是吃不飽，睡在乾草上，喝池子裡的水，在田地裡工作；冬天受寒，夏天遭飛蟲叮咬。有時，年長的動物會努力回想，從模糊的記憶中試圖弄清在反抗初期、瓊斯剛被驅逐的那些日子裡，生活究竟比現在更好或更糟。他們已經不記得了。他們沒有任何可供比較的依據，唯一可以參照的是吱吱提供的各種數字——這些數字總是毫無例外地證明一切都越來越好。動物們無從做出判斷；無論如何，他們現在也沒有多少時間去思索這些問題了。只有老驢班傑明宣稱記得自己漫長一生中的每一個細節，並且深知無論何時何地，生活從未變得更好，也永遠不會變得更糟——因為，根據他的說法，飢餓、艱辛與失望，是生命無可撼動的法則。

然而，動物們從未放棄希望。更重要的是，他們從未失去身為動物農莊一員的榮譽感與驕傲，即使一瞬間也沒有。他們依然是整個郡裡——甚至是整個英格蘭——唯一一座動物自己擁有、經營的農場。每一隻動物，無論是最年輕的，還是那些從十幾二十哩外的農場帶來的新成員，無不一再對此深感驚嘆。每當他們聽見隆隆的槍響、望見綠色旗幟在桿頂飄揚，內心就會湧現一股難以抹滅的驕傲，話題總是回到遠久的英雄歲月：驅逐瓊斯、起草「七誡」，以及擊敗人類入侵者的偉大戰役。他們從未放棄昔日的夢想。他們依然深信終有一天，老少校預言的動物共和國會實現：英格蘭的綠野上不再有人類的足跡。它或許不會很快實現，或許目前在世的動物都等不到，但那一天終究會到來。甚至，《英格蘭之獸》的旋律，或許也仍在某些角落被偷偷哼唱；無論如何，有一點是事實：農莊裡的每一隻動物都知道這首歌，只是不敢在公眾場合大聲唱出來。他們的生活或許艱辛，並非所有的希望都能實現，但他們始終清楚，自己與其他農場上的動物不同。如果他們挨餓，也不會是因為要餵養殘暴的人類；如果他們辛勤勞苦，至少是為了自己。沒有任何一隻動物用兩條腿走路。沒有任何一隻動物稱呼其他動物為「主人」。所有動物都是平等的。

初夏的某一天，吱吱召集了一群羊，帶領他們來到農場另一頭的一塊荒地。這片土地長滿了白樺樹苗，羊群整天在吱吱的監督之下啃食葉子。到了傍晚，由於天氣溫暖，吱吱吩咐羊群留在原地，自己卻回到農舍裡。最後，羊群在荒地上待了整整一個星期。這段期間，其他動物完全沒有見到他們的蹤影。吱吱大部分時間都和他們在一起，他說他正在教他們唱一首新歌，需要私下進行。

羊群回來不久後，一個天氣宜人的黃昏，剛結束工作的動物們正沿著小徑朝農舍方向走去，院子裡突然傳來馬匹驚恐的嘶鳴聲。動物們嚇了一跳，停下腳步。那是三葉草的聲音。她再次嘶鳴，這一次所有動物都奔跑起來，衝進院子，然後他們也目睹了三葉草見到的一幕。

一頭正在用後腿走路的豬。

沒錯，那是吱吱。他的動作有點笨拙，似乎還不太習慣用這種姿勢支撐自己龐大的身軀，卻能維持完美的平衡，在院子裡散步。

不久，農舍大門打開，長長一列的豬接連走出來，全部都用後腿行走。有些豬走得比較穩健，有一、兩隻顯得些微不穩，看起來甚至需要拐杖支撐，但他們都成功繞著院子走了一圈。最後，伴隨著一陣狗吠狂嚎與黑色公雞的尖銳啼叫，拿破崙走出了農舍。他挺直身軀，威風無比，傲然地左右掃視，狗群則圍繞著他蹦跳嬉戲。

他的蹄子裡夾著一條鞭子。

現場一片死寂。動物們驚訝又害怕，緊緊縮在一起，注視著那一長列緩緩繞行院子的豬群，感覺彷彿世界整個顛倒過來了。接著，儘管他們怕狗，儘管多年來已養成無論發生什麼事絕不抱怨、絕不批評的習慣，儘管面臨這些種種的阻礙——這一刻，最初的震驚逐漸消退時，他們幾乎就要出聲抗議幾句，但就在此時，所有的羊彷彿收到了信號，同時爆發出響亮的咩咩叫——

「四條腿好，兩條腿更好！四條腿好，兩條腿更好！四條腿好，兩條腿更好！」

叫聲持續整整五分鐘，絲毫沒有停歇。等到羊群終於安靜下來，抗議的機會就過去了，因為豬群已經大步走回農舍。

班傑明感覺到有個鼻子輕輕蹭著他的肩膀。他回頭一看，是三葉草。她那雙年邁的眼睛，看起來比以往任何時候都還要黯淡。她什麼也沒說，只是輕輕拉了拉班傑明的鬃毛，把他帶到大穀倉的盡頭，那面牆上曾經寫著「七誡」。他們站在那裡，凝視寫著白色字跡的斑駁牆面，足足有一、兩分鐘。

「我的眼力越來越不好了。」她終於開口。「就算是年輕的時候，我也看不懂上面寫的是什麼字。不過，我怎麼覺得這面牆看起來不同了。班傑明，『七誡』還是跟以前一樣嗎？」

這一次，班傑明願意破例了。他唸出牆上寫的文字。如今，上頭除了一條誡律之外，什麼都沒有了，只剩下：

所有動物一律平等，但有些動物比其他動物更平等

隔天，監督農場工作的豬的蹄子裡都夾著鞭子，動物們對此已不再覺得奇怪。得知豬為自己添購了無線電設備，準備安裝電話，還訂閱了《約翰牛》、《趣聞週刊》和《每日鏡報》[5]，動物

5《約翰牛》（*John Bull*）是在十九世紀至二十世紀間由多家英國報社陸續發行的同名期刊。約翰牛是英國的擬人化形象，源於一七二七年蘇格蘭作家約翰·阿布斯諾特（John Arbuthnot，1667-1735）的諷刺小說《約翰牛生平錄》（*The history of John Bull*）。《趣聞週刊》（*Tit Bits*）發行於

們也不覺得奇怪了。看見拿破崙叼著煙斗，悠閒地在農舍花園裡散步，動物們依然不覺得奇怪。不，甚至當豬群從瓊斯先生的衣櫃裡翻出舊衣穿在身上，例如拿破崙穿著黑色外套、捕鼠工褲和皮革護腿，而他最寵愛的母豬套上了瓊斯太太經常在星期天穿的波紋綢長裙——動物們對此也不覺得奇怪。

一週後的午後，幾輛雙輪馬車駛入農場，是鄰近農民代表團受邀前來視察。他們參觀了整座農莊，對所見的一切極為欽佩，尤其是那座風車。此時，動物們正在蕪菁田裡除草。他們勤奮地工作，幾乎沒有抬頭，也不知道應該更怕豬還是這些人類訪客。

那天晚上，農舍傳來大聲的歡笑和陣陣的高歌。聽著這些人豬

一八八一至一九八四年，以平易近人的文字介紹世界各地的趣聞。《每日鏡報》（*Daily Mirror*）為創立於一九〇三年的英國小報。

混雜的聲音，突然勾起動物們的好奇心。既然這是動物與人類首次以平等姿態進行會面，裡頭究竟會發生什麼事呢？動物們不約而同放輕腳步，慢慢步入農舍花園。

他們先是在農舍大門外停下，有點害怕不敢向前，但三葉草帶著大家走進去。他們躡手躡腳地走近房子，個頭夠高的動物悄悄地往餐廳窗戶裡偷看。長餐桌的周圍，坐著六名農場主與六頭地位顯赫的豬。拿破崙坐在桌首的主位；這些豬以他為首，個個靠坐著椅背，顯得相當自在。宴席上的賓客原本正在打牌，這時暫時停下來，顯然是為了舉杯敬酒。一個大酒壺在桌邊被遞來遞去，大家的酒杯都重新倒滿了啤酒。誰也沒注意到窗外那些正凝視著這一幕的動物臉上的驚愕表情。

狐木農場的皮爾金頓先生起身，手裡舉著酒杯。他說，他待會兒想請在座的各位一同舉杯，但在這之前，他覺得自己有義務先說幾句話。

他表示，他感到無比欣慰，相信在場的各位也都與他有同樣的感受，因為長期以來的猜忌與誤解終於畫下句點。過去有一段時間——儘管他本人和在座的各位從未抱持那樣的想法——但不可否認的是，過去有一段時間，人類鄰居看待動物農莊這群尊貴業主們的態度，他不會說是帶有敵意，卻確實存在一定程度的疑慮。過去曾發生一些不幸的事件，也曾流傳許多錯誤的說法。許多人認為，一座由豬掌握經營的農場不太正常，甚至可能對周遭地區造成不良影響。太多農場主人在沒有適切的查證之下，就武斷認為這樣的農場勢必會陷入放縱散漫，毫無紀律。他們一直擔心這會對自己農場的動物，甚至對人類員工，產生負面影響。然而，現在所有的疑慮完全消散了。今天，人類與他的朋友們造訪動物農莊，親眼細看了每一吋土地，他們發現了什麼呢？這裡不僅有最先進的農業技術，還有所有農場都應該效法的紀律與秩序。他相信，自己有充分的理由說，動物農莊的底層動物比郡內任何農場的動物都更勞苦，吃的食物份量也最少。事實上，今天他和夥伴觀察到許多值得借鏡的措施，打算立刻在自己的農場上實行。

在最後總結時，他再次強調動物農莊與鄰居之間的友好關係，這種關係理當延續下去。人豬之間並不存在、也不需要存在任何利益衝突。大家的目標與困難是一致的——勞工問題不是到處都一樣嗎？說到這裡，皮爾金頓先生顯然準備向大家拋出一個精心準備的笑話，但他一時笑得太過開懷，反而說不出話來。他一陣嗆咳，好幾層的雙下巴漲得發紫，話哽了好一會兒才終於擠出來：「你們得應付底層動物，我們也得處理底層階級！」這番妙語引來整桌的人豬大笑。笑聲稍歇後，皮爾金頓先生再次向豬表示祝賀，稱讚他們的低配給量、長工時，以及他在動物農莊觀察到的避免縱容勞工的管理方式。

終於，皮爾金頓先生請各位起立，確保酒杯裝滿。「先生們，」他舉起酒杯總結。「我向各位致敬——敬動物農莊的繁榮昌盛！」

現場響起熱烈的歡呼聲和跺腳聲。拿破崙無比欣慰，特地離開座位繞到桌子另一側，與皮爾金頓先生碰杯，然後把酒一飲而盡。歡呼聲漸息，拿破崙仍然站著，暗示他也有幾句話要說。

就如同他往常的演說，拿破崙的發言簡短而直接。他表示，他也很高興過去一段時間的誤會已經化解了。長久以來，有一種說法——他有理由相信，是由某個惡毒的敵人散佈的——謠傳他和他的同事們懷有顛覆性、甚至革命性的思想，試圖煽動鄰近農場的動物發起叛亂。這根本是無稽之談！無論現在或過去，他們唯一的願望始終是與鄰居和睦相處，維持正常的商業關係。他補充說，他有幸掌控的這座農莊是一家合作企業。雖然地契由他保管，但所有權實際上由全體豬群共同持有。

他表示，他不認為任何舊有的疑慮仍然存在，但近期農莊的日常事務做了一些調整，應該可以進一步鞏固雙方的信任。時至今日，農場裡的動物仍有一個相當愚蠢的習慣：以「同志」彼此相稱。這種做法將被廢除。另外，還有一個由來不明的奇特習俗：每逢星期天早晨，動物們必須列隊行經院子裡的一根木樁，上面釘著一個公豬的頭骨。這個儀式同樣會被取消，那顆頭骨也已經被埋葬了。訪客們或許已經注意到旗桿上飄揚的那面綠色旗幟。仔細一看的話，會發現它上頭原本繪有的白色蹄子與犄角圖像已經被清除。從今以後，它將只是一面普通的綠旗。

拿破崙表示，他對皮爾金頓先生精采而友好的發言只有一點意見，那就是皮爾金頓先生自始至終都以「動物農莊」稱呼此地。但他當然不可能事先得知，因為拿破崙此刻才首次宣布：「動物農莊」這個名稱已被廢止。從今以後，這座農莊將被稱為「莊園農場」——拿破崙相信，它才是這裡正確且原本的名稱。

「各位先生，」拿破崙最後說。「我要再次舉杯，只是這一次，讓我們換個形式。請各位將酒杯倒滿。先生們，這是我的祝詞：敬莊園農場的繁榮昌盛！」

屋內再次響起熱烈的歡呼聲，全體人豬將酒一飲而盡。站在窗外的動物們看著這一幕，感覺某件詭異的事正在他們的眼前發生。豬的臉究竟出了什麼事？三葉草那雙蒼老渾濁的眼睛掃視著豬群的臉孔，發現他們有些下巴堆疊了五層，有些是四層，也有些是三層。但，是什麼看起來正在融化、正在變形呢？接下來，掌聲退去後，大家重新拿起撲克牌，繼續方才中斷的遊戲，窗外的動物們悄悄無聲地離去。

不過，他們還沒走出二十公尺就突然停下腳步，因為農舍這時爆出一陣喧鬧聲。他們立刻衝回去，再次探頭往窗裡一望。果然，裡面發生了激烈的爭吵。這裡叫喊、那裡拍桌，銳利的眼神中閃爍著猜忌，憤怒的否認此起彼落，而爭執的起源似乎是——拿破崙和皮爾金頓先生同時打出了一張黑桃A。

第十章

十二道憤怒的聲音交錯吼叫，而且聽起來都很相似。此刻，窗外的動物們終於無須再猜想豬的臉到底發生了什麼變化。他們的視線從豬看向人，從人看向豬，再從豬看向人；然而，他們現在已經無法分辨誰是人、誰是豬了。

原版序

——喬治・歐威爾

出版自由6

本書核心概念的發想，最早可追溯至一九三七年，但遲至一九四三年底才動筆。完工時，情勢已相當清楚，出版將迎來極大的困難（儘管目前書籍短缺，幾乎能稱為書的東西都會「暢銷」）。最後，這本書遭到四家出版社的拒絕：其中只有一家有明確的意識形態立場，兩家多年來皆出版反俄書籍，另一家則沒有明顯政治傾向。有一家出版社原本接受出版，甚至完成初步安排，卻

6《動物農莊》擬作序言，並未收錄於初版，首次面世於一九七二年九月十五日的《泰晤士報文學增刊》（*Times Literary Supplement*）。

在諮詢資訊部[7]的意見後決定撤回，看來是遭到警告，或至少受到強烈勸阻。以下節自那位出版人的信件：

「我先前提到資訊部一位高官對《動物農莊》的反應。我得承認，這番意見讓我認真思考……現在我明白，它可能會被視為當下極其不宜出版的作品。如果這個寓言是普遍針對獨裁者以及獨裁政權，那麼出版或許無妨；但現在看來，它實在過於貼近蘇俄及其兩位獨裁者的發展歷程，因此無法不被解讀為專指俄國，而非其他獨裁政權。

7 Ministry of Information，英國政府於第二次世界大戰爆發之際成立資訊部，負責在國內外發佈官方宣傳，並審查任何被視為具有軍事價值的資訊。

此外，若寓言中的統治階層不是豬，那麼或許不會那麼令人反感[8]。我認為，選擇以豬作為統治階層，一定會冒犯許多人，尤其是那些較為敏感的人，而俄國人無疑正是如此。」

這種事情不是什麼好現象。顯然，政府部門不應有權審查非政府資助的書籍（並無爭議的戰時安全審查除外）。然而，目前對思想與言論自由的最大威脅，並非來自資訊部或官方機構的直接干預。出版社與編輯刻意迴避某些主題，不是因為害怕遭到檢舉，而是擔心引發輿論。在這個國家，知識分子的懦弱才是作家與新聞

8 作者原注：這項修改建議究竟是出版社那位先生自己的想法，還是出自資訊部，尚不得而知；但聽起來確實帶有某種官方色彩。

工作者面臨的頭號敵人，在我看來，這一點似乎未曾獲得應有的重視。

具有新聞從業經驗且心態公正的人都會承認，在這場戰爭期間，官方的審查並不算嚴苛。我們並未遭遇那種全然極權式的「協調」，儘管在戰時這或許是可預期的。新聞界確實有一些理由正當的不滿，但整體而言政府表現尚可，對少數意見的容忍也出乎意料地高。目前英國最險惡的現象是，文學作品審查大多是自我審查。

不受歡迎的論點可以被噤聲，難堪的事實可以被掩蓋，完全無需官方禁令。曾長期旅居海外的人都知道，有些聳動的新聞——足以成為頭條新聞的重大事件——在英國媒體上完全消失，並非因為受到政府干預，而是基於某種「此事不宜報導」的默契。日報這樣做尚可理解。英國報業高度集中，大多掌握在富人手中。在某些重要議題上，他們有充分的動機進行不實操弄。但這種透過遮掩蒙蔽的審查同樣存在於書籍與雜誌、劇場、電影、廣播之中。無論何時，社會上總有一種主流觀點，一套大家認為所有思想正確的人都會毫無質疑接受的思想體系。這並不意味著明令禁止說某些話，而是說這些話「不妥」，如同維多利亞時代中期在女士面前提到褲子一詞是「不妥」的。挑戰主流觀念的人，幾乎都會以令人驚訝的方式遭到噤聲。無論是在大眾媒體還是學術期刊上，真正非主流的意見幾乎從未得到公平的對待。

目前的主流正統思想對蘇俄不加批判、推崇備至。這一點人人皆知，且幾乎人人照辦。對蘇俄政權的嚴正批評，或揭露其欲隱瞞的事實，幾乎等同於不得刊印。奇怪的是，這種舉國奉承友國的共謀行為，卻是發生在對知識分子寬容的背景之下。雖然你不能批評蘇聯政府，但至少你還算可以自由批評我們自己的政府。幾乎沒有人會發表抨擊史達林的文章，批評邱吉爾卻是相當安全的，至少在書籍雜誌上是如此。長達五年的戰爭中，有兩、三年我們為了國家生存而奮戰，無數主張妥協求和平的書籍、小冊子和文章在不受干涉的情況下出版。而且，出版之後並未引起太多的反對。只要不涉及蘇聯的威望，言論自由的基本原則就尚能維持。當然也還有其他禁忌話題，我稍後就會提到一些，但普遍對蘇俄的這種態度才是最嚴重的病症。它可以說是自發性的，並非出自壓力團體的操縱。

一九四一年起，英國絕大多數知識分子對俄羅斯官方宣傳的盲目接受與附和，若非過去已歷經多次類似情形，實足教人震驚。在一個又一個爭議問題上，人們未經檢驗就全盤接納俄羅斯的觀點，接著廣為宣傳，完全無視歷史真相與知識誠信。其中一個例子是，英國廣播公司慶祝蘇聯紅軍成立二十五週年，卻未提及托洛斯基。這就好比紀念特拉法加海戰而不提納爾遜，但這並未引起英國知識分子的異議。在蘇俄占領國的內部鬥爭中，英國媒體幾乎無一例外支持蘇俄偏好的派系，詆毀反對派，有時甚至為此而隱瞞實質證據。尤以南斯拉夫契特尼克（Jugoslav Chetnik）[9]領袖米哈伊洛維奇上校（Colonel Mihailovich）案為甚。蘇俄支持自己的南斯拉夫黨羽狄托元帥（Marshal Tito），指控米哈伊洛維奇與德軍勾結。英國媒體立即報導了這項指控——米哈伊洛維奇的支持者沒有任何辯護機會，反證亦被禁止刊登。一九四三年七月，德軍懸賞十萬克朗捉拿狄托，並以同樣的金額懸賞捉拿米哈伊洛維奇。英國媒體「大肆」報導懸賞狄托的消息，但僅有一家報紙（以較小字體）提及懸

9 南斯拉夫軍隊契特尼克支隊，係第二次世界大戰期間活動於南斯拉夫地區的塞爾維亞極右翼民族主義武裝部隊。

賞米哈伊洛維奇的消息——而且仍持續報導其與德軍合作的指控。西班牙內戰期間也發生過極為類似的事。此外，蘇俄決意剷除的共和黨派系也遭到英國左翼媒體的肆意詆毀，所有為其辯護之言，包括讀者來信，全數拒絕刊登。目前，對蘇聯的嚴厲批評不僅被視為應受譴責，有時甚至這種批評存在的事實都被刻意隱匿。例如，托洛斯基在去世前撰寫了史達林傳記。人們可能會認為這本書難言公正，但顯然具有市場價值。一家美國出版社確定出版此書，也已經進入印刷流程——就我所知，書評用的樣書都寄出了——蘇聯一參戰，此書的出版計畫旋即被取消。英國媒體對此事隻字未提，儘管此書之存在及其遭禁，絕對值得用幾段文字來報導。

我們必須區分兩種審查：英國文學圈知識分子自我施加的審查，與某些壓力團體強加的審查。眾所皆知，某些議題由於「既得利益」而無法討論。最著名的案例是專利藥品騙局。此外，天主教會在媒體中亦有相當大的影響力，能在某種程度上壓制對教會的批評。天主教神父的醜聞幾乎從未曝光，而惹上麻煩的英國聖公會牧師（例如史蒂夫基教區牧師〔Rector of Stiffkey〕案[10]）則肯定成為頭條新聞。在戲劇與電影中，帶有反天主教色彩的作品極為罕見。所有演員都知道，若一部戲或電影嘲諷天主教，容易遭媒體封殺，亦可能成為票房毒藥。但這種現象無傷大雅，至少尚可理解。大型組織都會盡其所能維護自身利益，而公開的官方宣傳也無可厚非。人們不會指望《工人日報》報導不利蘇聯的消息，就如同人們不會期待《天主教先驅報》譴責教宗。但每個有思考能力的人都知道兩份報紙各有立場。真正令人不安的是，凡涉蘇聯及其政策，即使是

10 哈洛德・戴維森（Harold Davidson），受指控與女性有不道德的往來，最終遭剝奪神職。

那些未受直接壓力、無需歪曲觀點的自由派作家與記者，人們也往往無法期待他們提出理性的批評，在許多情況下甚至連最基本的誠實都難以指望。史達林被奉為至聖無上，其政策某些面向完全不容認真討論。這條規則自一九四一年以來幾乎被普遍奉行，但其實早在十年前就已悄然運作，其影響範圍比人們意識到的還要大。那段期間，左翼對蘇聯政權的批評早已難以發聲。反俄文學雖然產量龐大，但幾乎全是從保守派的角度出發，內容明顯虛假過時且動機可議。相對地，親俄宣傳也同樣鋪天蓋地、內容不實，只要試圖以成熟的方式討論關鍵議題的人都會遭到抵制。你確實可以出版反俄書籍，但肯定幾乎會被所有的菁英媒體忽視或扭曲。無論公開還是私下，你都會被警告這個行為「不妥」：你說的或許是真話，但這種話「不合時宜」，會正中某些反動勢力的下懷。這種態度通常是以國際情勢以及英俄聯盟的迫切需求為由來合理化，但很顯然這只是藉口。英國知識界，或者說其中的大多數，早已對蘇聯產生了民族主義式的忠誠，內心深處認為對史達林的智慧抱持任何質疑都是一種褻瀆。俄國與其他地方發生之事，應該用不同的標準來評判。一九三六至三八年的「大清洗」中發生那些無止盡的處決，終生反對死刑的人竟拍手稱快；饑荒發生在印度時，大肆報導被視為合情合理，發生在烏克蘭時，隱瞞實情則被視為理所當然。如果戰前情況確實如此，那麼時至今日的知識圈氛圍只怕是更加惡化。

回到我這本書。大多數英國知識分子的反應將極為簡單明瞭：「這書不該出版。」當然，那些擅長詆毀之術的評論者不會從政治角度攻擊，而是從文學角度下手。他們會說這本書無趣愚蠢，出版此書是浪費紙張的可恥之舉。這也許部分屬實，但顯然並非反對理由的全貌。人們不會因為一本書很糟就說「它不應該出版」。畢竟，我們每天印出大量的垃圾，卻沒人在意此事。英國知識分子，或者說他們之中的大多數人，之所以會反對這本書，是因為它誹謗他們的領袖，並且（在他們看來）損害了進步事業。如果內容的作用相反，那麼即使它的文學缺陷比現在明顯十倍，他們也無可反對。舉例來說，左翼書籍俱樂部（Left Book Club）出版社這四、五年來的成功，正說明了只要這些作品能傳達他們想聽到的內容，他們就能欣然包容粗鄙的內容與草率的寫作。

這裡涉及的問題其實非常單純：是否每一種觀點，無論多麼不受歡迎，甚至多麼愚蠢，都有權表達？如果以這種形式提出的話，幾乎每一個英國知識分子都會覺得應該回答：「是。」但若具體地問：「批評史達林呢？這是否有權表達？」答案往往是：「否。」在這種情況下，他們所信奉的正統思遭逢挑戰，言論自由的原則便告失效。我們主張言論和新聞自由時，並非訴求絕對的自由。只要組織社會尚存，就必須存在某種程度的審查——或者說，它注定會存在。但正如羅莎・盧森堡（Rosa Luxemburg）所言，自由是「給予他人的自由」。同樣的原則也包含在伏爾泰的名言中：「我反對你說的話，但我誓死捍衛你說話的權利。」思想自由無疑是西方文明核心特徵之一，若真有其價值，那麼它的意涵便是：人人都有權表達與出版其所信之真理，前提是該言論未以極其明確的方式危害社會整體。直到近年，無論是資本主義民主政體，或西方版本的社會主義，一直都將這項原則視為理所當然。如我先前所指出的，我們的政府至今在某種程度上仍表現出對此原則的尊重。市井小民仍含糊不清地相信「人人擁有發表個人意見的權利」，或許部分原因是他們對各種思想並不夠關心，也就能夠容忍各種言論。反倒大多是那些本應守護自由的文學與科學界知識分子，如今在理論中與實踐上鄙視自由。

　　我們這個時代最詭異的現象就是變節的自由主義。除了常見的馬克思主義者主張「資產階級自由不過是一種幻覺」，如今還流行一種論調：唯有透過極權手段，方能保衛民主。這種論述認為，若你真心熱愛民主，就必須不惜一切代價殲滅它的敵人。而敵人是誰呢？往往不僅是那些公開且有意圖地攻擊民主的人，還包括那些因傳播錯誤觀念而「客觀上」危及民主的人。換句話說，捍衛民主就意味著摧毀一切獨立的思想。舉例來說，這個論點被用來為俄羅斯大清洗辯護。即使是最狂熱的親俄派，也未必真心相信所有受害者確實犯下了他們所被指控的一切罪行；但由於他們抱持異端觀點，便「客觀上」危害了政權，因此不僅應該將他們屠殺，更要以虛假的指控來摧毀其名聲。同樣的論點也被用來為左翼媒體在西班牙內戰期間對托洛斯基派及其他共和黨少數派所進行的蓄意造謠辯護。而當莫斯里於一九四三年被釋放時，這種論點又再度被拿來作為大聲疾呼反對人身保護令的理由。

這些人沒有意識到，如果你鼓勵極權主義手段，那麼有一天這些手段也可能反過來對付你，而不是幫助你。養成不經審判就監禁法西斯分子的習慣，之後這機制可能不只適用於法西斯分子。勒令停刊的《工人日報》恢復發行不久，我前往南倫敦一所工人學校演講。聽眾都是工人階級和中下階層的知識分子——和過去在左翼圖書俱樂部分店經常見的聽眾相近。我談及新聞自由，令我震驚的是，講座結束時竟然有幾位聽眾起身提問：您是否認為解除《工人日報》的禁令是個嚴重錯誤？我問他們為什麼這麼問，他們說這是一份忠誠可疑的報紙，在戰爭時期不該容忍。《工人日報》曾多次刻意誹謗我，結果我反而不得不為這份報紙辯護。但這些人究竟是從哪裡學來這種本質上是極權主義的思維？他們肯定是從共產黨人學來的！寬容與正直深植英國人心，但並非堅不可摧，必須透過一定程度上的自覺努力才能維持下去。宣揚極權主義的結果，就是削弱自由人民對真正危險的辨識力。莫斯里案[11]便是一例。一九四〇年，無論他是否觸犯法律，將其拘禁乃合理之舉，因為我們正面臨亡國危機，不容任何潛在的賣國賊逍遙法外；到了一九四三年，未經審判而將他關押就是一種暴行。大眾普遍未能意識到這點，是個不祥的徵兆；儘管反對莫斯里獲釋的抗爭確實有部分是被操弄出來的，而一部分則是發洩其他不滿情緒的藉口。但如今思想逐漸向法西斯主義靠攏的趨勢，究竟有多少其實是過去十年來「反法西斯主

11 奧斯瓦德・厄納德・莫斯里爵士（Sir Oswald Ernald Mosley，1896-1960），不列顛法西斯聯盟（British Union of Fascists）創辦人。

義」行動及其種種不擇手段所帶來的後果？

我們必須明白，當下這股對蘇俄的狂熱，只是西方自由主義傳統普遍衰退的症狀之一。即使資訊部真的介入並明確否決本書的出版，多數英國知識分子也不會覺得有何不當。對蘇聯不加批判的忠誠正是當前的正統觀念，而凡牽涉所謂蘇聯的利益，他們不僅甘願接受審查，甚至容忍蓄意篡改歷史。舉個例子：《震撼世界的十天》（*Ten Days that Shook the World*）是關於俄國革命初期的第一手資料，其作者約翰・里德（John Reed）去世後，該書版權落入英國共產黨的手中，我認為是里德將其遺贈給英國共產黨。幾年後，英國共產黨設法徹底銷毀該書的首刷版本，並發行了篡改版本，抹去所有提及托洛斯基的部分，也刪除列寧撰寫的序言。若英國仍有一個真正激進的知識界，早該揭露這種偽造行為，並在全國每一份文學雜誌上發表譴責。但事實上，幾乎無人抗議。對許多英國知識分子來說，這種作法顯然合乎常理。而容忍這種赤裸裸的不實行為，遠不僅只是因為現在流行崇拜俄國那麼簡單。這個風潮極有可能轉瞬即逝。在我看來，等到這本書出版時，我對蘇聯政權的看法或許已成為普遍接受的觀點。但那又有什麼用？以一種正統觀念取代另一種正統觀念，不見得有所進步。我們真正的敵人是那種留聲機般的頭腦，不管你是否贊同此刻播出的唱片內容。

我對所有反對思想與言論自由的論點都十分熟悉——無論是聲稱自由根本不存在的，還是主張它根本不該存在的。我的回答很簡單：這些論點無法說服我。我們過去四百年來的文明是建立在與它們相反的理念之上。在過去整整十年間，我始終認為當前的俄國政權本質上是一種邪惡體制，儘管我們與蘇聯是戰時盟友，且我真心希望這場戰爭能由我們獲勝，我仍主張自己有權這麼說。如果我要選一個文本為自己的立場辯護，我會引用彌爾頓（Milton）的詩句：

「依古老自由之既定律令。」（By the known rules of ancient liberty）[12]

古老這個字眼強調思想自由是一種深植的傳統，少了它，我們所謂獨特的西方文化將難以成立。而如今，我們眾多知識分子顯然正在背離這項傳統。他們接受了這樣的原則：一本書是否應被出版或查禁、讚揚或譴責，不是根據其本身價值，而應取決於政治上的權宜考量。其他實際上不抱持這種觀點的人，則純粹是出於懦弱而同意這種觀點。例如，眾多直言不諱的英國和平主義者，未曾對

12 此詩句出自彌爾頓十四行詩之十二〈我不過是勸時代擺脫桎梏〉（I did but prompt the age to quit their clogs）。

普遍存在的俄國軍國主義崇拜發出抗議之聲。根據那些和平主義者的說法，一切暴力皆罪惡，他們在戰爭的每個階段都曾呼籲我們投降，或至少達成妥協的和平。但他們之中又有多少人曾指出，紅軍發動的戰爭也是罪惡？顯然，俄國人有權自我防衛，而我們這麼做卻罪該萬死。這種矛盾只能用一種方式來解釋：那就是人們過於懦弱，渴望迎合那群主流知識分子，而那個圈子的愛國心所效忠的卻非英國，而是蘇聯。我知道英國的知識分子對他們的怯懦與虛偽有諸多自認正當的理由，事實上，我對他們為自己辯護所用的說辭爛熟於心。但至少讓我們別再胡言亂語，聲稱自己是在為捍衛自由而對抗法西斯主義。如果自由真有其價值，那就意味著有權說出人們不願聽的話。大部分的人們依舊模糊不清地相信並實踐這個道理。而在我們這個國家，恰恰是自由派害怕自由，是知識分子玷污知識——這一點並非普世皆然：過去共和體制的法國不是這樣，今日的美國亦非如此。為了讓大家正視這一點，於是我動筆寫下這篇序言。

代譯後記——當反共文藝遇上歐威爾

得知有機會翻譯《動物農莊》時，正好在台師大選修賴慈芸老師的「台灣翻譯史」，課程需要自選一部譯本進行分析，於是便順理成章地選擇了《動物農莊》。研究過程中，我注意到一個特別的版本：《萬牲園》。不僅書名陌生，文字風格異於歐威爾，內容經過大幅改寫，甚至連結局也不復原貌。於是，我一邊譯書，一邊追溯其出版背景、譯者身份，並試圖理解：一部冷峻諷刺極權的小說，為何被改寫成一部充滿激情的作品？這篇代譯後記，簡單記錄了這段追索的旅程與發現，帶領讀者一同回望翻譯與政治如何交織出一部截然不同的《動物農莊》。

《萬牲園》（以下簡稱耕雨版）出版於一九七四年，由黎明文化事業股份有限公司發行，譯者為耕雨，名列國防部總政治作戰部的「共黨問題研究叢書」。此譯名取自一九五〇年新嘉坡（新加坡）南洋印刷社承印、王紹康翻譯的《萬牲園》，不過內容卻來自另一譯本。比對早期譯本，發現其內容則取梁實秋以筆名「李啟純」翻譯的《百獸圖》為基底。

譯者「耕雨」究竟真實身份是誰？透過「國立台灣文學館電子資源整合查詢系統」檢索「耕雨」，其中一筆資料顯示《臺灣新聞報》〈文藝鬥士張道藩〉的作者：「耕雨（姜穆）」。應鳳凰為《文訊》撰寫的姜穆訪問則提到「……過了兩年（一九七一年），受命籌備『黎明文化公司』，接任業務襄理，又到編輯部，籌劃編纂大套的作家自選集。」儘管未能找到直接證明姜穆即為《萬牲園》譯者的證據，但顯然姜穆與黎明文化的關係緊密，由他經手且掛上其筆名的可能性不低。從姜穆的相關經歷看來，似乎並未以翻譯著稱，多數作品與軍旅生活有關，或許說明了此譯本以李啟純版改編的緣由。

若要理解耕雨版如此特殊的譯寫模式，我們必須回顧五〇至八〇年代主導臺灣文壇的反共文藝。一九五五年，蔣中正宣布展開「反共戰鬥文藝工作」，國民黨因而將「戰鬥文藝」做為當年度重要宣傳工作。這段時間形塑「反共文學」創作範式的重要論述，除了一九五二年蔣中正的《民生主義育樂兩篇補述》以及一九五五年王集叢的《戰鬥文藝論》，還有一九五六年第七屆中常會通過的「展開反共文藝戰鬥工作實施方案」——此實施方案中，提出「八點文學基本方向」，其中第六項為：「翻譯或選譯有價值之世界文學名著，特別著重足以表現各個國家民族為自由平等博愛而犧牲奮鬥之作品。」顯然，《萬牲園》符合基本方向所推崇的價值。

記者出身的歐威爾以平實的文字著稱，虛構作品也大量運用散文風格，《動物農莊》亦不例外，然而耕雨譯本的導論盛讚歐威爾的作品「寫來絲絲入扣，針對人性的弱點進擊，不但描寫深刻，而且結構綿密，值得細讀。」不過，細讀比對原文，會發現這個文本為達反共任務，採取了多項改寫策略，那些所謂的絲絲入扣、描寫深刻、結構綿密，不一定出自歐威爾之手。以下針對「擴寫」、「劇本化」、「情節顯化」、「結局改寫」來進一步舉例分析。

耕雨版幾乎無一句不擴寫，連基本的分段都沒有保留。我認為這很有可能是因為在反共文學的框架之下，歐威爾的文字不夠「優美」——這個詞蔣中正與王集叢都強調過。雖然這是一個相對模糊而抽象的形容詞，但歐威爾報導式的文字少用華麗的詞藻，重點在於交代情節，譯寫者或許因此認為有必要為《萬牲園》增色。舉例來說，第一章老少校對動物的演講在老鼠出現之前，都是連貫的演講稿，耕雨版則插入十七段描述，包括：「這時候，台下起了議論聲，顯然牠的演說有了良好的反應」、「老少校昂起頭來，得意的注視著與會者」、「會場立即響起如雷掌聲，這一次完全是發自內心的歡欣」等。

耕雨版的另一種擴寫是添加情節，其中最為明顯的是加強豬對權力的渴望，以及牠們之間的矛盾衝突。歐威爾筆下的三隻身為主要角色的豬，本來是在第三章之後才漸漸顯露出對權力的渴望，卻在第二章提前出現了。成功取得莊園後，歐威爾僅寫下動物燒掉鞭子，欣喜若狂。耕雨版則藉由此情節，把吱吱（尖號者）塑造成眷戀權威的豬：

那象徵著主義，象徵著人類統治畜類權威的鞭子，被賓扎找到了。

「諸位同志，我是吃過這條鞭子的苦頭的，現在我要把它給毀掉。」賓扎那條狗頸毛怒豎，以前牠要和其牠動物戰鬥的時候，便常常如此。

賓扎舉起皮鞭，正當要往火裡投去的時候，忽然被尖號者叫住。

「且慢。」尖號者那頭豬厲聲的說。

「尖號者同志，你有甚麼話說？」「賓扎，這個該當留著。」

「留著？」賓扎實在有些不解，不過豬的智慧實在比自己高，牠不能不暫時把鞭子留下來。

「是的，留著。」

尖號者的命令是斬釘截鐵的，沒有一點足可懷疑的餘地。

「這條皮鞭，打過你，也抽過我，豬同志，留下這條鞭子，實在使我們看見它就覺得恥辱與痛苦……」

「不，它也象徵著一種權威。」

權威？這莊園的叛變，無疑的已完全成功了。現在莊園裡已是畜牲的世界，牠們也是自己的主人，都是一個階級，沒有統治者，要那象徵著罪惡的皮鞭幹甚麼？

藍松很委婉的把牠的意見，用最紳士的方式說了出來。可惜不能為尖號者所接受。尖號者不能拿那皮鞭，因為牠的蹄子實在太笨了，牠只能咬，不過從尖號者的神情上來制斷，牠對於那根皮鞭頗為喜歡。

雖然歐威爾的原文本來就企圖描寫豬之間的競爭，耕雨版則顯化拿破崙與雪球之間的衝突，甚至也顯化了派系的互動。在第五章，原文只提到拿破崙在雪球的風車設計圖上撒尿，耕雨版卻補上了雪球的心思：「破壞的行為，雪球一看當然明白是誰幹的。牠雖然生氣，但沒有把拿波里（拿破崙）抓著，所以也就無可奈何的花了些時間把圖補了起來。」接著，討論風車議題時，耕雨版增加了吱吱對雪球的支持，原文中這兩隻豬並未有如此緊密的關係：「『雪球同志是我們畜牲農場偉大的導師。』尖號者是擁護建設風車的一派，和雪球的私交也比較好。」

耕雨版添加的另一種情節，可說是為了符合反共文學的準則。蔣中正在《民生主義育樂兩篇補述》第三章〈樂的問題〉第三節

「心理的康樂」之二「社會變動中的文藝」中提到：「一般國民不是受黃色的害，便是中赤色的毒。」我們已經知道這本小說是用來解赤色的毒，那如何去除黃色的害呢？耕雨版第四章提到。「畜牲們對於性行為並不視為神聖，牠們有一種需要即神聖的理論，所以整個畜牲農場成為一個沒有種族，沒有春潮，也沒有時地的性解放運動的一個地方。」後來又在第九章指出。「農場自把鍾斯驅逐以後，有項特別的改變，那就是性的解放，畜牲們又回復到雜交的時代。」但是，歐威爾在小說中從頭到尾都沒有直接提到「雜交」或是「性解放」，這顯然是利用「黃色的害」來妖魔化代表共產黨的豬。

王鼎鈞在《文學江湖》的〈反共文學觀潮記〉中提到：「國民黨的文藝運動者最重視戲劇，劇場集中觀眾，有組織作用。」或許耕雨版正是考量要讓讀者更容易進入故事，因此將許多描述性的段落轉為對話。這個策略讓非主要角色的動物，透過對話而變得更為立體。以第三章為例，動物推翻農場主人之後，驢子遲遲對革命不表態，歐威爾除了讓驢子說一句話（"Donkeys live a long time. None of you has ever seen a dead donkey"），其他僅以幾句描述帶過，耕雨版則讓這一個段落變成豬派出貓來探聽驢子的立場：

「高亞明，你工作和生活愉快嗎？」現在做了豬的偵探的貓與高亞明攀談，企圖從他的談話中，獲得一點線索。

「總是一頭驢子的生活罷了。」

高亞明邊推磨子，邊冷冷的回答著貓的問題。

「現在總比鍾斯在時要快活一些是不是？」

對於這樣肯定的問題，高亞明這樣閃爍其詞的說：「你當然知道：我高亞明已經看到這畜牲農場多次的變動，然而我還是我，我還是驢子。我已經看過這裡三代不同的主人，因此你得相信驢子是能活得很長久的，你們從來也沒有看見過一頭驢子死掉。」

「唔唔！你的話是對的。我想你應當休息一下，我已看到你工作一上午了。」

「不，這不是為我們自己工作嗎？我也不多做，十二點一定休息。」

「你實在應當獲得更好的糧食配給才對。」

「我並不太過侈望，能夠吃就好了。」

耕雨版時常將歐威爾暗藏在字句之間的意義與伏筆顯化出來，有時甚至誇大原本的內容，似乎不信任讀者的理解能力。例如，第六章在風車倒塌之後，結尾收在拿破崙呼籲動物對抗雪球，顯然是要將動物的怨氣與不滿轉嫁到雪球身上，只是歐威爾在小說裡並未明說。耕雨版則直接點出來，還增加了拿破崙沾沾自喜的樣態：

就如此，所有畜牲們的憤怒，移轉到雪球身上，所有的仇恨，都歸結在雪球的敵對行動，所有的苦難，都因雪球的報復行為而來了。

這種安排，實在非常的巧妙，拿波里回到農舍，躺在舒適的床上，一邊吃著蘋果，一邊喝著酒，得意自己的機變敏捷。

耕雨版的情節顯化、誇大似乎畫蛇添足，但根據王德威在〈傷痕記憶，國家文學〉（Of scars and national memory）的說法，這樣的策略事實上能夠達到反共文學期待達到的效果：「『累贅』

（redundancy）與『誇張』（hyperbole）正是共產和反共文學的兩大修辭特色……透過冗長、激烈、重複的語言表達，獨裁權力機器得以將政治信息強力灌輸給人民。語言暴力本來就是要誘發行動暴力；誇張的叫囂可以煽動出歇斯底里的狂熱。」

耕雨版最大膽的改寫，就屬為《萬牲園》加上新的結局了。歐威爾的結局停在人豬不分的場景，以反共文學的角度來看或許過於模糊，整體調性陷入黑暗悲觀，實在不符合積極樂觀的戰鬥精神，應該要「為自由平等博愛而犧牲奮鬥」。於是，驢子奮起號召反抗，儘管很快就被打敗，他還是充滿信心，相信未來仍有希望：

「我們決定再來一次叛變。」高亞明說。

「那不叫叛變。」

「隨便叫甚麼。反正也好，叛變也好，反革命也好，把拿波里殺掉總是一樣的。」

高亞明氣憤的失掉了理智，他把聲音提高的說話，畜牲們一致的贊成了高亞明的意見，並且立即行動。正在這時，狗和拿波里突然向畜牲們展開了無情的攻擊。

一切的理想粉碎，地上死傷累累。高亞明受了重傷，黎明之前，牠看到太陽從東方出來。牠吃力的看一眼那些死傷的夥伴。喃喃的說：「草死了，明年再生，太陽落下去了，明天還會出來。拿波里，你殺了這些畜牲，你不能殺了整個畜牲們。真理一定是永遠存在的。」

耕雨版《萬牲園》的策略在今天看來或許荒謬，卻也是珍貴的時光標本，保留了半世紀以前台灣特殊政治環境下成長出來的譯寫策略。不過，歐威爾應該萬萬沒有想到，《動物農莊》出版近三十年後會旅行到太平洋上的小小反共基地，而他這樣一位冷眼說故事的作家，也不得不成為狂熱的反共人士了。

動物農莊
Animal Farm

作　　者　喬治·歐威爾（George Orwell）
譯　　者　游騰緯
特約編輯　吳恩淇
封面設計　萬勝安
內頁排版　高巧怡
行銷企畫　蕭浩仰、江紫涓
行銷統籌　駱漢琦
業務發行　邱紹溢
營運顧問　郭其彬
責任編輯　林淑雅
總 編 輯　李亞南

出　　版　漫遊者文化事業股份有限公司
地　　址　台北市103大同區重慶北路二段88號2樓之6
電　　話　(02) 2715-2022
傳　　真　(02) 2715-2021
服務信箱　service@azothbooks.com
網路書店　www.azothbooks.com
臉　　書　www.facebook.com/azothbooks.read
發　　行　大雁出版基地
地　　址　新北市231新店區北新路三段207-3號5樓
電　　話　02-8913-1005
訂單傳真　02-8913-1056
初版一刷　2025年6月
定　　價　台幣260元

國家圖書館出版品預行編目 (CIP) 資料

動物農莊 / 喬治 . 歐威爾 (George Orwell) 著 ; 游騰緯譯 . -- 初版 . -- 臺北市 : 漫遊者文化事業股份有限公司出版 ; 新北市 : 大雁出版基地發行 , 2025.06
232 面 ; 14.8x21 公分
譯自 : Animal Farmr
ISBN 978-626-409-098-8(平裝)

873.57　　113020290

ISBN　978-626-409-098-8